JN022083

婚約解消された私はお飾り王妃になりました。
でも推しに癒されているので大丈夫です！

Characters
登場人物紹介
マルコ・リッチ
近衛騎士。伯爵家の三男でもある。
クロエの護衛につくこととなった、
クロエにとっての『推し』。
クロエ・オーヴェル／
クロエ・ラインハルト
元侯爵令嬢。王太子の婚約破棄の
とばっちりで婚約解消され、
『未来のお飾り王妃』に。

アレクセイ・ラインハルト
王太子。愛称アレク。婚約破棄騒動を
起こした張本人だが色恋以外では有望。
セリーナ・ロッテン
子爵令嬢。アレクセイの恋人であり
側妃候補でもある。
セドリック・ジュネ
クロエの元婚約者である公爵家令息。
デイビットと親友だった。
ライラ・ラインハルト
アレクセイとデイビットの母。側妃だが長年
正妃の代わりに執務をしている。
デイビット・ラインハルト
アレクセイの兄でありクロエの初恋の相手。故人。

第一章

王宮に呼ばれ、案内された部屋に入る。並んだ錚々たる顔ぶれに怯みそうになる。

そこには、国王陛下、側妃であるライラ妃、アレクセイ王太子殿下、私の父であるオーヴェル侯爵、そして、私の婚約者……いや、元婚約者であるジュネ公爵令息のセドリック・ジュネが私を待ち構えていた。

こんな、入室するだけでも非常に勇気のいるメンバーが揃った部屋に一人で呼び出されることになった私の名前はクロエ。オーヴェル侯爵の長女としてこの世に生を受けた。現在二十歳。

私には前世の記憶がある。所謂、異世界転生というやつだ。クロエとして生まれる前、日本という国で三十三歳まで生きた記憶がある。

前世を思い出したのは十五歳。別に切っ掛けという程ではないが、ドレスに身を包んだ自分に違和感を持った。それから、怒濤のごとく色んな事を思い出したが、それにより私の性格が変わったとか、前世の記憶で大儲けとか、そういう事は今のところ全然ない。

前世でよく見かけた転生モノの王道である『これって、私が読んでた恋愛小説？』とか『私がはまっていた乙女ゲームのヒロイン？』とかそんな風に思う事も全くない。

自分にも、周りの人物にも、全然見覚えがない。何かの作品に転生したのかもしれないが、私には見覚えのない世界なので、侯爵令嬢として粛々と育ってきた。

見た目だけは『悪役令嬢』かもしれない。所謂、クールビューティだ。黒く流れるようにウェーブした髪に少し吊り目がちな薄紫の瞳、大きな胸に細い腰、美人といっても過言ではない。前世の私は平凡を絵に描いた様な容姿だったので、この姿で着飾るのは楽しかった。何を着ても似合う。

つまり、この呼び出しに関しても前世の記憶は頼れなかった。セドリックからこの話を前もって聞いてなければ、私は皆の前で口をポカーンと開けた間抜け面を晒すことになっていただろう。


昨日の事だ。

その時点ではまだ私の婚約者だったセドリックが、うちの邸へ珍しく先触れもなく訪問してきた。どうしても私の部屋で話したいという。内密な話があるらしい。

「セドリック、どうしたの？」

私がセドリックと婚約をしたのは十五歳の時。私達は同い年だ。

この世界の貴族としては婚約者が決まるのがかなり遅いが、そうなったのには訳がある。

母親はどうしても私を、同じ歳の第一王子の婚約者にしたかった。

王子妃教育を始めたのは婚約者候補になった八歳。それから七年、なかなか婚約者を決めなかった王家のせいで、私を含めた候補者は灰色の幼少期を送る事になった。

そして王子と同じ年頃の上位貴族の男児についても婚約者を決められずにいた。釣り合いのとれる令嬢は特別な理由がない限り候補者になっていたからだ。

ちなみに、我がオーヴェル家は私と妹のジュリエッタの二人姉妹。普通なら私が婿をとり、侯爵家を継ぐべきなのだが、母親にそっくりな妹を溺愛している父が、妹を手離す事が出来ず、まだ決まってもいない妹の婿に爵位を譲ることにした。ちなみに私は父親似。自分に似た私には興味がないらしい。別に迫害されているとかではない。家族の情はあるようだが、無関心なだけだ。

そのような経緯があり、私は十五歳になってようやく、セドリックとの婚約が決まった。ジュネ公爵の嫡男で、次期公爵。紛うことなき政略結婚だった。

しかし私達は意外にも気が合った。なので結婚しても上手くやっていけると思っていた。この時までは。

「王太子が婚約解消となった」

「え？　まさか……」

ここで言う王太子とは、私が婚約者候補となった第一王子のデイビット殿下ではない。私達より二歳下の第二王子アレクセイ殿下の事だ。

「そのまさかだよ」

何故、第二王子が王太子になったのか、これには悲しい過去がある。

第一王子も第二王子も側妃であるライラ妃の実子だ。ライラ様のご実家は伯爵家。なので後ろ楯としてはあまり強くはないため、強力な後ろ楯になりうる家門の令嬢がデイビット殿下の婚約者候補として集められた。当然、その中に私も入っていたが、結局、デイビット殿下の婚約者となったのは、エリザベート様。サーチェス公爵のご令嬢だった。

デイビット殿下は、エリザベート様が婚約者になった事で晴れて王太子となった。

公爵令嬢を婚約者に迎え入れて尚、少し粗野で裏表のないデイビット殿下に国王が務まるのか、心配する貴族も多かったと聞く。本人もそう思っていたのではないだろうか。

今ではその心情を訊ねる事は出来ない。

何故ならデイビット殿下は事故で亡くなってしまったからだ。

王妃に息子がおらず、同じ側妃から生まれた兄は亡くなった。そのためアレクセイ殿下が王太子になるのは必然だった。喪が明けて、立太子を終えたアレクセイ殿下だったが、婚約者は不在。婚約者候補はその時点で二人に絞られていたと聞く。しかし、そこで動いたのがサーチェス公爵だ。アレクセイ殿下の婚約者にエリザベート様を据えたのだ。

その時、アレクセイ殿下十五歳。エリザベート様十九歳。

私とセドリックが最終学年になる年に、アレクセイ殿下は学園へ入学してきた。

私はほとんど接点はなかったが、セドリックは何かと世話を焼いていた。デイビット殿下の親友であり側近候補だった彼は、未来の主の死により側近の道が閉ざされたにもかかわらず、アレクセイ殿下とも親しそうにしていた。

入学後半年程経った頃だろうか、アレクセイ殿下の腕に絡み付くように歩く女生徒を見かけるようになった。しばらく経つと、何故か殿下の側近候補達もその女生徒の取り巻きに入るようになっていた。私が調べたところ、その女生徒の名前はセリーナ様。ロッテン子爵のご令嬢だ。

「(……これってもしかしてよく転生物にある王道の話じゃない？　セリーナ様の容姿はピンクブロンドの髪に琥珀色の瞳。庇護欲を掻き立てる小柄で華奢な体。これぞ王道ヒロイン！　という事はアレクセイ殿下がヒーローで、悪役令嬢がエリザベート様？)」

確かに彼女なら、悪役令嬢として申し分ない。なんならピッタリだ。

「(でも待って。もしかしたら、セドリックがヒーローなんて可能性もあるのかしら？　だって、セリーナ様とよく二人で話してるし。てことは……まさか、私が悪役令嬢？)」

これまた容姿は悪役令嬢にピッタリだ。

やっぱりこの世界も小説や乙女ゲームの中なのだろうか。

私には見覚えのない世界なので、出来る自己防衛手段はない。どう転ぶかわからないから、ヒロイン(仮)には近付かないようにするしかないか。その時の私はそう思っていた。まさか、後にガッツリ絡むようになるとは、この時思ってもみなかった。

閑話休題。

セドリックから話を聞いて「まさか」と私が言ったのは、まさにこの存在があったからだ。私は心の中で、「(やっぱり断罪？　って事は悪役令嬢はエリザベート様で決まりね)」なーんて思っていたのだが……

「先日の学園の卒業パーティーでサーチェス公爵令嬢から殿下へ、婚約破棄の申し出があった」

「エリザベート様から？」

「そうだ」

「それは、殿下の……不貞が原因とか？」

私の頭の中には、殿下とセリーナ様が必要以上に仲睦まじくしている姿が容易に想像できた。

「まぁ、簡単に言えばそうだ。でもエリザベート嬢のプライドを傷つけたのはそこだけじゃない。殿下が、セリーナ嬢に『エリザベートを正妃として娶る事は変えられないが、セリーナを側妃に迎える事は出来る』と言ったらしいんだ」

「側妃？　王太子はそう簡単には迎えられないじゃない」

つい二人きりと言う事もあって、いつもの口調に戻ってしまう。

「そう。しかもそもそも側妃は正妃が身籠る事なく三年が経過した後、議会の了承を得て迎えるものだ」

「それに、側妃でも伯爵位以上じゃなきゃダメじゃない。ロッテン様は子爵でしょ？」

「その通り」

「じゃあ何故、殿下はそんな事を？」

「セリーナ嬢のご機嫌取りだろ。どうも彼女は殿下との結婚をお望みのようだから」

「でも現実として無理じゃない」

「俺に言うなよ。聞いた話によるとだな、セリーナ嬢はその答えでも満足しなかったようだ。『私以外の人を愛するなんて、耐えられない！』と泣いてすがり、それに困った殿下が『愛しているのはセリーナだけだ。エリザベートには指一本触れないと誓おう。そして、私の愛はセリーナだけに捧げる。それに、正妃になれば、執務も増える。そういう面倒くさい事は全てエリザベートに任せてしまえば良いんだ。セリーナは私に愛されているだけで良いんだよ』とまぁ、こんな事を言ったらしい」

なんだか微妙な声真似をしながらセドリックが話してくれたが……溜め息しか出てこない。

私は卒業してからもヒロイン（仮）の動向には目を光らせていた。

いつ自分が悪役令嬢ポジか、当て馬ポジに配役されるか気が気じゃなかったからだ。身に覚えのない冤罪で断罪されても困る。

そんなヒロイン（仮）が殿下との愛を着々と育んでいたのはもちろん知っていた。

「エリザベート嬢は『私はエリザベート・サーチェスです。その私をお飾りの正妃にするなど言語道断。私達の婚約については白紙に戻させて頂きます。認めて頂けないなら、殿下の不貞としてそちらの有責で破棄させて頂いてもよろしくてよ』と、堂々と殿下に啖呵を切ったんだよ」

「じゃあ、側妃云々というより、お飾りの正妃ってのが気に入らなかったわけだ」

そりゃそうか。あのプライドの高いエリザベート様だもんな。

でも、性格は苛烈だけれど、あの伏魔殿のような王宮では、エリザベート様ぐらいの方が、王妃として相応しいのも間違いない。特に殿下は少しお優し過ぎる質だから。

「国王は婚約解消をお認めになったの？」

「まぁ……な。サーチェス公爵の意思も堅かったし。サーチェス公爵は宰相の座も退かれたよ」

「え？　そうなの？」

「サーチェス公爵家の顔に泥を塗る行為だと、抗議の意味も込めてな」

「じゃあ、エリザベート様とは婚約解消となったのね。なら、ロッテン子爵令嬢をどこかの上位貴族の養女にでもして、王太子妃にするって事？」

「いや。王太子妃にはセリーナ嬢はならない。彼女はあくまで側妃候補だ」

「ん？　じゃあどうするの？」

「王太子妃になるのは、お前だよ。クロエ」

………………え？

「ちょ、ちょょっと待って。私には婚約者がいますけど？」

「ああ、もちろん知ってる。それは俺だからな。だから、残念だが君と俺との婚約は白紙に戻る」

「何故？　とお聞きしても？」

私は軽くパニックだが、そこは腐っても侯爵令嬢、顔には出さない。

「まずは殿下の話から。さすがの殿下もあのセリーナ嬢が正妃になれるとは考えていない」

……だから側妃に、との話よね？　それはわかる。

「本来なら愛妾程度が妥当だが、さすがに愛してる女にそれは言えなかったとみえる。で、側妃の話だ。さっきクロエが言っていたように、伯爵位をもつ貴族の養女にする話は進んでいる。しかし、条件付だ」

「条件？」

「ああ。国王陛下の体調が思わしくないのは知ってるな？」

「詳しい事はわからないけど、そのように聞いてるわ」

「当初の予定では、殿下の卒業と同時にエリザベート嬢と結婚して、一年後には陛下は退位して殿下に王座を譲るつもりでいた。しかし今回の婚約解消騒動だ。もちろんセリーナ嬢は正妃になれない」

「でしょうね。で？」

ひとまず続きは促すが、なんとなく、話が読めてきた。

「新たに殿下の婚約者を探すと言っても、今から深い知識を必要とする王太子妃教育、王妃教育を施していくには、せめて王子妃教育が終了している者が望ましいとなったわけだ」

「その条件に合う人物は三人。でも全員婚約者がいる……そうよね？」

「その通りだ。メイナード侯爵令嬢の相手は他国の貴族。これを白紙になんてしたら国際問題になりかねないからね。そこは無しだ。で、残りは二人な訳だが……」

「セドリック。何を企んでいるの？」

私はセドリックの話を遮って訊ねる。

「企むなんて、人聞きが悪い。俺は人助けをしたいだけだよ」

ニヤリと笑う顔はまるで悪党だ。

「私を使って？」

「そうだ。俺は大切な婚約者を王家に差し出すんだ」

「見返りは？」

「宰相の座だよ」

なるほど。私を生け贄にして自分は権力を得るつもりなのね。

「最低ね」

「おいおい。そんな事を言うなよ。俺だって辛いんだ」

デイビット殿下がお亡くなりになった事で、彼は側近候補から外れてしまった。でもお父様であるジュネ公爵の財務大臣の地位には就ける筈だ。それよりも上にいきたいのね、この男は。野心家め！

「それに、エリザベート嬢の弟のレインは宰相の器じゃなかったし、サーチェス公爵の一強を王家だって内心よく思ってなかったんだから、丁度良いんだよ」

「ならば、私を使わず実力で掴み取れば？」

「クロエ。お前にとっても悪い話じゃないだろ？　王妃になれるんだぜ？」

「なりたくないわ」

「お前の両親は大賛成だとよ」

でしょうね。父は私がどこに嫁に行こうが気にもしていないだろうし、母は私が王妃になるなら、願ったり叶ったりだ。

「じゃあ、ロッテン子爵令嬢が側妃、私を正妃にって事？」

「セリーナ嬢が側妃になるにも条件がある。彼女を養女にしても良いと言ってるのはライラ妃の親戚筋にあたるスミス伯爵だ。しかし、それには最低限の淑女教育を施してからとライラ妃が条件をつけた」

「ライラ妃が？」

「ああ。ライラ妃はセリーナ嬢を嫌ってる。しかし可愛い息子の為に、自分の親戚であるスミス伯爵を頼ったんだが、それでもこれ以上迷惑をかけたくないという思いがあるんだ。しかも期限付だ」

「その期限は？」

「今から三年。その三年の間にライラ妃が思う淑女としての合格ラインに達してなければ、養女の話も側妃の話も白紙になる」

「それをロッテン子爵令嬢は了承してるの？」

「まぁな。さすがに王妃にはなれないと理解はしているようだ。しかし淑女教育がどの程度を求められているのかは理解してないだろうな」

「私はほとんど接点がなかったからわからないのだけど、彼女はその条件を満たせるのかしら？」

「………………」

答える事が出来ないの？　なんで？

「ねぇ。私、そんな面倒事に巻き込まれるのは嫌よ。別にセドリックと婚約解消しても構わないけど、王妃になるのは荷が重いわ」

「クロエ……まぁ、お前はそう言うだろうと思ってたけどな」

「私の両親にとっても、セドリック、貴方にとっても良い話でしょうね。でも、私には何のメリットもないじゃない。馬鹿馬鹿しい」

「もちろん、お前にもメリットになる話を持ってきたさ」

「何？」

「お前の専属護衛に、マルコ・リッチを付ける」

………マジ？

思わず前世の言葉使いに完全に戻りそうになった。

繰り返すが、私には前世の記憶がある。しかしそれによって自分の生き方が変わったわけじゃない。侯爵令嬢として、貴族としての誇りを持ち生きてきた。家族にはあまり恵まれなかったが、不幸ではない。

ただ……前世の自分に引っ張られて抗えないモノが私にはあった。

私は前世で、旦那に浮気をされて離婚した。大好きな人だったから悲しかったし、もう恋なんて……とも思っていたが、そんな私が離婚後、どっぷりハマったモノがある。

それが……アイドル。キラキラしてカッコよくて可愛い男の子。

それを愛でるだけで幸せだった。アイドルは所詮偶像だ。でも私達ファンに見せる顔が完璧なアイドルならそれで良かった。手が届かなくて良いのだ。

手が届く男に裏切られた私は、ドルオタとして邁進していった。

そして今。そんな私にはやっぱり『推し』がいた。

それが近衛騎士マルコ・リッチ様。リッチ伯爵の三男だ。金髪にぱっちりした翡翠色の目は長い睫毛に縁取られており、笑うと片方の頬にえくぼが出来る。年齢は二十三歳。近衛騎士の騎士服を着たマルコ様はまさしくアイドルと言っても良い佇まいだ。

私は王宮での夜会で、警備に付いたマルコ様を見て、一目で落ちた。恋ではない。前世のオタク用語で言うところの、『沼に落ちた』のだ。

「な、な、なんで？」

どうにか二人きりで話す際の口調は保てたが、動揺を隠しきれず声にそのまま表れてしまった。まさか、私の推しがバレているなんて考えた事がなかったからだ。

「好きだろ？　リッチ殿の事」

「す、す、好きとかそんなんじゃな、ないけど」

ダメだ。動揺し過ぎて、噛みまくりだ。

「隠さなくたっていいよ。クロエがいつも彼の事を見ていたのは知ってたよ」

「そうなの？」

「まぁな。で、どうだ？　専属になれば、ずっと一緒にいられるんだぞ？」

……推しと一緒の生活……考えただけで鼻血が出そう……でも、推しは推しだ。手が届かないから良いのだ。

「………」

でもNOと言えない自分が憎い！

「悪い話じゃないだろ？」

セドリックという名の悪魔が囁く。

「どうだ？　お前にもメリットがある話だったろう？　とにかくクロエ、俺の為に殿下と結婚してくれないか？」

そう言った彼に私は一呼吸置いた。その手に乗ってたまるか。推しは手が届かないからこそ良い。だけど……

「貴方の為なんて、嫌よ。でも、私は私の為なら、殿下との結婚……考えても良いわ」

……くそっ！　やっぱり推しとの生活を捨てきれない。

「本当かクロエ！　ありがとう。愛してるよ」

「世界で一番軽い『愛してる』ね」

私は苦笑いした。セドリックのこういうところ、なんだかんだ嫌いじゃないから仕方ない。

お飾りの王太子妃の座を甘んじて受け入れる覚悟をしたその直後、衝撃的な事実を知らされる。

「あ、言い忘れてた。あの女は側妃にもなれない。処女じゃないからな」

「な、なんですって⁉　セドリック、貴方はそれを知ってて……」

「ああ。黙ってる」

「どうして？」

「言ったらこの計画はパァだ」

「王太子殿下は……」

「もちろん知らない」

私は頭を抱えた。こんな秘密知りたくなかった。

「ロッテン子爵令嬢は王族に嫁ぐには処女じゃなきゃダメな事を……」

「知らないんだろ。だから堂々と殿下と結婚したいなんて言うんだ」

「相手が名乗り出たら？」

「名乗り出ないだろ。側近が主を裏切ってるんだから」

「相手って……」

「ジーク・ロイドと、アラン・エモニエ」

ジーク様は近衛騎士団団長のご子息。真っ赤な髪に真っ赤な瞳が印象的だ。ロイド侯爵の次男で、王太子殿下の専属護衛に選ばれた男。そして、アラン様は宮廷医師の長であるエモニエ公爵の一人息子。そして二人とも、学園在学中、ヒロイン（仮）の取り巻き。

王家に嫁ぐには処女でなければならない。愛妾はその必要がないが、その代わりに必ず避妊しなければならないし、万が一身籠るような事が起きても、その子どもは王の子とは認められない。

「私が王妃になったら、すぐに側妃候補を秘密裏に探すわ。じゃなきゃ後継を残せない」

私が溜め息をつきながらもそう言った。

「……クロエは子どもを作るつもりはないのか？」

「当たり前でしょ？　私は立派なお飾りの王妃になるんだから」

そう答える私に、何故かセドリックは嬉しそうに微笑んだ。

そうして、今日の場が用意されたのだ。

私は重苦しい空気の中、入室しカーテシーで挨拶をしようと口を開くが、他ならぬ陛下に遮られた。

「堅苦しい挨拶はやめよう。急に呼び出す事になってすまないが、早速話をしたい。腰掛けてくれ」

そう言われ、私は薦(すす)められるまま、椅子に座る。

「さて、セドリックから聞いていると思うが……クロエ嬢にはセドリックとの婚約を解消し、王太子であるアレクセイと婚姻を結んで欲しい。恥ずかしい話だが、アレクセイが懇意にする令嬢が出来、サーチェス公爵令嬢との婚約が解消となった。王妃となりこの国をアレクセイと共に導いてゆくには、そのご令嬢では役不足だ。そこで、クロエ嬢であれば、その令嬢の不足分を補い、立派な王妃となる事が出来ると私は思っておる。王妃となり執務をアレクセイと共に行って欲しい。クロエ嬢は大層優秀であったと聞いておる。間違いなく良い王妃になると、私は確信しておるのだ」

褒められてる気がしない。国王自ら遠回しに、二人の尻拭(しりぬぐ)いをしろと言ってるのね。

「発言をお許し頂けますか？」

「もちろん。何だ」

「王太子殿下にお伺いしたい事がございます」

「私にかい？　何でも聞いてくれ」

今まで黙って、両手を固く結び膝の上に乗せていた殿下は、この部屋に入ってから初めて楽に息が出来たような顔で私を見た。

デイビット殿下と同じ、金色の柔らかそうな髪に綺麗な碧眼。だが纏う雰囲気はデイビット殿下のそれよりも随分と優しげだ。

「王太子殿下は私でよろしいのですか？」

「も、もちろんだ。今回は私の我が儘でこのような事に巻き込んでしまい、申し訳なく思っている。私が愛した女性は、本来なら側妃になる事も叶わない相手だ。しかし、陛下にチャンスを頂いた。だが、それでも正妃は無理だ。正妃となれる女性は限られる。知性と教養、そして身分。どれを取ってもオーヴェル侯爵令嬢なら申し分ないと思っている。私からもお願いしたい」

……結局私しか残ってないものね。消去法よね。

「では、私から一つ条件がございます」

「条件だと？」

陛下の声に剣呑な雰囲気がこもる。

「……クロエ、調子に乗るな」

あら、お父様。いらしたのね。影が薄くてすっかり忘れておりましたわ。

「お願いという形を取っているが、これを王命としても良いのだぞ」

ああ、やだやだ。陛下ってば、結局、有無を言わせず従わせたいくせに。

ここで私が嫌がったら困るのはどちらかしら、と思っていたら殿下が加勢してくれた。

「陛下！　私からもお願いです。今回、オーヴェル侯爵令嬢はとても難しい決断をしてくれるのです。条件の一つや二つ飲んでも良いと思っています」

……二つも良いの？　いや、今の雰囲気で二つは無理か。

「オーヴェル侯爵令嬢。どんな条件だい？」

王太子殿下が私の目を見て微笑む。

「王太子殿下は、サーチェス公爵令嬢にどういう正妃になるよう、ご依頼する予定でしたか？　良ければここでもう一度私にお聞かせ下さいませ」

王太子殿下は、目を見開いて固まってる。あら？　意外だった？

条件をのむと言ったのだから、私の願いを早く聞き入れて欲しい。

私は視線で『どうぞ』と告げる。

「指一本触れず、執務や公務、外交などをやって貰うと。私の愛は……セリーナだけに捧げる……と」

「承知いたしました。では、それを私の条件とさせていただきたいと存じます」

「……どういう事だ？」

「今、殿下の仰られた通りです。私には指一本触れないで頂きたいと存じます。私は執務、公務、外交を主たる物とした王妃の仕事のみを致します。もちろん殿下の愛は不要にございます」

私は真っ直ぐ前を向く。最初からそう思ってたくせに、何故そんな驚いた顔をするのか。

「それで良いのじゃな？」

陛下が私に確認する。

「はい。私はあくまでも、エリザベート様の代わり。エリザベート様がされる筈だった事を致します。それ以上でも、それ以下でもありません。立派な『お飾り王太子妃』となりましょう」

私はニッコリと微笑んだ。


私とセドリックの婚約解消はその場で滞りなく終了した。

セドリックがやけに悲痛な顔をしているのが笑えた。どれだけ恩を売りたいのか。悲痛な思いをしているのはこの私だ。

前世のどこかで耳にした話だが、『結婚は二番目に好きな人とした方が幸せになれる』という話を、私は真理だと思っていた。大好きな人と結婚するより二番目ぐらいが丁度良いのかもしれない。前世で大好きな夫に裏切られた私が言うのだ。説得力も増すというものだ。

なら、王太子殿下との結婚も悪くないのかもしれない。まぁ、殿下は二番目ですらないが。今のところランク外だろうか、逆に気楽なものだ。

「一つお聞きしたいことがあるのですが」

セドリックが殿下に向き直る。

「ロッテン子爵令嬢はどちらにお住まいになるのですか？」

……そう言えば聞いてなかったな。

確か、ロッテン子爵は王都にタウンハウスを持って無かった気がする。領地は小さいながらもあるが、王都からは随分と離れていたような。

「セリーナは後宮の一室に住む予定だ。わざわざ会いに行かない限り、オーヴェル侯爵令嬢と出会う事はないだろう」

……安心して？　わざわざ会いに行かないわよ？

「そうですか。それを聞いて安心しました。私にとってはオーヴェル侯爵令嬢が憂いなく暮らす事が望みですので」

セドリックの笑顔が胡散臭い。

「大丈夫だ。私とて二人が不快な思いをしないよう、努めるつもりだ」

いや普通、愛人と本妻なら、嫌な思いをするのは本妻の方でしょうに。

話を終えた私とセドリックはそのまま退出した。やっと息がつける。

「俺は今から父の所へ向かう。とりあえずは父が宰相の地位に着くことになった。俺はその補佐にあたる。そして、一年後、俺が公爵位を継ぐと同時に宰相の地位を頂く手筈だ」

廊下に控えていた侍女と護衛には聞こえない程度の小声でセドリックが話しかけてきた。

「……良かったじゃない。貴方の思い通りになって」

「そりゃあ、大切な婚約者を譲ったんだ。これでもまだ足りないぐらいさ」

「あまり欲をかくと痛い目みるわよ？　ところで、ジュリエッタの婚約はどうなってるの？」

「もうすでに打診済みだ。数日中には成立するだろう」

「着々と進んでるのね」

私は用意周到なセドリックを見て、呆れたように溜め息をついた。

ジュネ公爵家とオーヴェル侯爵家には共同事業の計画がある。私とセドリックの婚姻は、云わば両家の結びつきを強固にする目的があったのだ。それが白紙に戻った今、妹のジュリエッタとセドリックの弟であるライル様との婚姻の話が代替え案として進行中だ。

「ああ。だからお前は安心して殿下に嫁げ」

……安心出来る要素は一つもない。家族にそこまで思い入れのない私には実家の事は二の次だ。心配なのは自分の今後。

「わかったわ。それと、これから私達は他人なんだから、馴れ馴れしく話しかけないでね」

「おいおい。つれないこと言うなよ。これからは俺は殿下の側近だ。嫌でも絡む事になる」

「只でさえお飾り王妃なんて、馬鹿にされかねないんだから、周りの貴族に隙を見せたくないの」

「わかった。でも、俺はお前から離れる気はないからな。ただ、ちゃんと立場は弁える。安心しろ。じゃあな。気をつけて帰れよ」

そう言って、セドリックは私に背を向けて歩きだした。

離れないってどういうこと？　意味が分からないんだけど。


王太子宮へ向かう当日。大きな荷物は粗方先に運び終わり、あとは私が王宮から迎えに来た豪華な馬車へ乗り込むだけとなった。父は仕事、母はお茶会、妹は無関心。私の見送りは執事を始めとした使用人一同のみだった。

家族には恵まれなかったが、使用人はちゃんと私に敬意を持って接してくれた。そうじゃなきゃ、私はもっとやさぐれていただろう。

「皆さん。今まで本当にありがとう。皆さんのお陰で心穏やかに過ごせました。感謝しています」

つい前世の癖で頭を下げそうになるのをグッと堪えて私は笑顔で挨拶し、オーヴェル家を後にした。

王太子宮に着くと、そこには侍女長が待ち構えていた。

「はじめまして。私は侍女長をしているシイラと申します。今からオーヴェル様に支えます侍女を紹介させて頂きたいと思います」

そう言って、今後私に付く侍女を紹介した。総勢十名。さすが王太子妃となると侍女も多い。しかも王宮侍女は貴族の令嬢が殆んど。流石に所作も綺麗だ。

「私はクロエ・オーヴェルです。名前の方で呼んで頂いて構いません。これからお世話になります。よろしくお願いしますね」

そう私が挨拶してると、後ろから声がかかった。

「失礼いたします」

……この声は……

私が振り向くとそこには……天使がいた。

見目麗しい私の『推し』、マルコ・リッチ様がいらっしゃった。

リッチ様は見た目だけでなく声も素晴らしい。少し低めの良く通る声で、騎士の挨拶をとった。

「私はマルコ・リッチと申します。今日からオーヴェル様の専属護衛として勤めさせていただきます。基本的に私が主だってオーヴェル様に付く事になりますので、以後お見知りおきを」

……はっ！　見惚れてしまって、声が出なかった。

「お直り下さい。私はクロエ・オーヴェルです。な、名前で呼んで頂いて構いません。これからよろしくお願い致します」

ダメだ。名前で呼んでなんて……嬉しすぎて、顔がにやけそう。しっかりするのよクロエ！

「では、クロエ様と。後程、他の護衛を紹介させて頂きます」

……クロエ様、クロエ様、クロエ様。よし脳内メモリーに記憶完了。

あ～、この声で『クロエ』って呼んでもらえないかしら？　ダメ？　『様』つけなきゃダメ？

そんな煩悩を抱えながら私に用意された部屋に向かう。とても豪華だが、少し派手だった。

……きっとエリザベート様の趣味なのね。

家具も高級品だし、換えてとはとても言えないわね。私の好みじゃないし、落ち着かないけど、仕方ないわ。

侍女も本当に信用できる人を二、三人に絞りたいな。……出来れば若くない人が良い。

アイドルや俳優が結婚すると、ファンはショックを受ける。それを見て『え？　自分が結婚できると思ってたの？』って笑う人が必ずいる。

それは違うと私は声を大にして言いたい。別に自分がそのアイドルと結婚出来るなんて思ってない。まぁ、中には思ってる人もいるかもしれないが、少なくとも私の考えは違う。

アイドルとしての彼が好きなのだ。結婚とか、恋愛とか、そんな生々しい彼を知りたいわけじゃない。アイドルは偶像だ。例え作られた物でもそれだけを見ていたい。

それにアイドルは皆のものだ。誰か一人のものになった彼に興味はない。例え結婚しても、恋愛しても隠していて欲しいのだ。彼の背後にチラチラと嫁が見えたり彼女が見えたりするのは興醒めでしかない。だから、匂わせ女が嫌われるのだ。せっかく彼が隠しているものを見せつけてくる女は嫌われて当たり前だ。

そして、そんな簡単な事もわからないような女と付き合っている彼に幻滅してしまう。

……何が言いたいかと言うと、美人の侍女なんかにマルコ様が私の目の前で懸想しているのなんて、絶対見たくない！　という事だ。逆に、女がマルコ様に色目を使う可能性もある。それこそ絶対にダメだ。

侍女は誰でも良いなんて言ったが前言撤回だ。侍女は出来れば美人じゃない方が良い。

私はマルコ様と一緒にいたいが為に王太子妃になる決意をしたのだ。

これで、私の侍女とマルコ様がくっついたりした日には、私は涙の海で溺れる自信がある。そんなピエロにはなりたくない。

さて、翌日よりさっそく王太子妃教育が始まった。

私を教育してくださるのは、なんとライラ妃だ。呼び出されたサロンへ向かう。

今日、私についている侍女、名前はなんだったかしら？　でもいいわ。今日限りで私の元を去ってもらうつもりだし、名前はもう覚えなくて大丈夫よね？　だって、私のマルコ様に色目を使ったのよ？　信じられる？　何もないところで躓くというベタな技を使い、まんまとマルコ様に助け起こされていたの。私の目の前で。万死に値するわね。

でも流石に死を持って償えとは言えないから、私の目の前から消えてもらうだけで我慢するつもり。私って心が広い。

そんな事より！　早速、私にマルコ様が付いてくれている。マルコ様に守られている……なんて素敵なシチュエーション！　神様、ありがとう！

サロンで出迎えてくれたライラ様は、なんというか……とても可愛らしい容姿をしている。大きな子どもがいるようには全く見えない。どちらかといえば、ロッテン子爵令嬢に似た感じというか。華奢で、守ってあげたくなる女の子って感じ。親子で好みが似てるのね、陛下と殿下。

教え方も世代による価値観の違いなんかがなくて聞きやすい。ただ、王太子妃教育を早々に行なうという事は、もう絶対に私を逃さないぞ！　と言われているようでどうしても気持ちが萎える瞬間がある。

そんな時はチラッとマルコ様を見る。マルコ様も私をジッと見てる。護衛なので当たり前なんだけど、その事だけで頑張れるから不思議だ。推しって尊い。

今日の学習が終わると、ライラ様とお茶の時間だ。これさえも教育の一環だと私は思うけど。

「クロエ嬢は、聞いていた通り優秀ね。これなら、予定より早く教育を終われそうだわ」

そう言ってライラ様は微笑んだ。

「ライラ妃陛下の教え方が上手だからですわ。とても分かりやすく教えていただき、感謝しております。それと、私の事はクロエとお呼び下さい」

私がそう答えると、ライラ妃は何かを思い出すように、懐かしそうに目を細めた。

そして、思ってもいなかった話を聞く。

「デイビットがね……婚約者は貴女が良いと言ってたの」

「え？」

驚いたが、顔には出さないように頑張った。これも教育の一環だと思うと気を抜けない。

「でも、私はデイビット殿下とは候補者時代にはあまりお話し出来なかったと記憶しております。学園に入学して少しはその機会も御座いましたけれど……」

「ふふっ。デイビットはね、あるご令嬢がドレスを汚されて、候補者とデイビットとのお茶会の席に行けないと泣いていた時、貴女が『なら、私もドレスを汚すわ。二人なら怖くないでしょ？　もし、この場に相応しくないと言われたら、その時は一緒に謝って帰りましょう？　でも、きっと殿下はお気になさらないと思うの。だってこの前、殿下は木に登ってズボンを破いたけど、そのままお茶会に出席されてたわ。とても寛容な方だと思うもの』と言って、その場でドレスに土を付けていたのを見たらしいの。でも、二人は結局、お茶会には来なかった」

「……覚えていますわ。あの時、二人して汚れたドレスでお茶会の席に向かっていたのですけれど……途中である方から叱責を受けまして。仕方なく二人して帰ったのです。もちろん欠席の伝言はお願いしていたのですけれど、もしかして、伝わっていなかったのでしょうか？」

あれは、サランドン公爵令嬢のマイラ様だった。エリザベート様のお付きの方にぶつかって尻餅をついた所が泥の上で……ドレスのお尻の部分に泥がべっとりついてしまったのよね。

あんな所で、お付きの方が立ち止まるとは思っていなかったから、私もビックリしたわ。きっとエリザベート様に頼まれてわざとだと思うけど、お付きの方も必死に謝られて……それ以上、マイラ様のメイドも怒るに怒れなくなっちゃって。

私はたまたま現場を見てたので、咄嗟に、私もドレスを汚したんだけど……結局、お茶会の席に向かっていたら、エリザベート様に会ってしまった。そんな汚れたドレスで殿下の前に出るなんてと、怒られたのよね。今思うと、確かに不躾であったとは思うけど、元はと言えばエリザベート様のせい。でも、あの時は二人して帰るしかなかったのよね。

「いいえ。きちんと伝令は伝わっていましたよ。でも、とってもデイビットが残念がっていたの。せっかく自分の洋服も汚したのにって」

「え？　殿下が洋服をですか？」

「ええ。二人が恥をかかないようにと。自分の洋服が汚れていたら、みんな二人の事は気にしないだろうって」

「そう……そうだったのですね」

あの時はまだ婚約者候補になって一年経つか経たないかだったと思う。私も幼かったのだ。考えが浅はかだったと今なら分かる。

まさか殿下がそんな風に私達を気遣って下さっていたとは知らなかった。やり方は少々斜め上をいってる感じがしなくもないが、デイビット殿下らしいと言えば殿下らしい。

「その時の貴女がね、とてもかっこ良く見えたのですって。まだ九歳ぐらいだったかしら？　その時から、婚約者には貴女をとデイビットは望んでいたわ」

「全く知りませんでした……」

「そうでしょうね。デイビットの願いが叶う事はなかった。確かに、サーチェス公爵令嬢ほど、後ろ楯として申し分ない子もいなかったもの。私の実家の身分が低いために、デイビットの願いを叶えてあげられなくて、あの時は本当に自分が不甲斐なくて嫌になったわ。最終的にはデイビットも婚約を受け入れたけど、きっと辛かったはずよ」

……私は王子妃になりたかったわけじゃないけど、デイビット殿下には良い感情を持っていた。感情を露にせず、腹の底では何を考えているのかわからない大人達の中で、デイビット殿下の話す言葉は信用する事が出来たから。それは恋心と呼べる程、形がはっきりとはしていなかったけど、温かい気持ちであったのは間違いなかった。

俯いた私の目の前に、ハンカチが差し出された。顔をあげると、マルコ様が少し微笑みながら、私にハンカチを差し出してくれている。

「……デイビットの為に、涙を流してくれる人が、まだいたのね。私だけじゃなくて嬉しいわ」

そう言われて、私は初めて自分が涙を流している事に気がついた。

デイビット殿下が亡くなった時、心にポッカリと穴が空いたような気持ちになった。それでも涙を流した記憶はない。とてもとても悲しかった事は事実だが、私は泣かなかった。泣く資格が私にはないような気がしていたから。

私の悲しい気持ちは、学園に入学して少しだけ近くなった距離のせいだと思っていた。

「申し訳ございません」

私はそのハンカチで目元を拭い、ライラ様に謝罪した。感情を表に出さないという淑女の仮面をライラ様の前で外してしまったからだ。

「謝る必要はないのよ。デイビットは喜怒哀楽をはっきり出す子だったわ。今の貴女を見て、きっと喜んでるはずよ」

それでも、失態は失態だ。

「いえ……『しっかりしろ！』と言われてしまうかもしれません」

私は顔を上げ、淑女の笑みを作り直す。

「思いがけず、デイビット殿下のお話が聞けて、懐かしい気持ちになれました」

「こうやって、たまに私とデイビットの話をして下さらない？今は誰ともあの子の話をする事がないの。貴女が良かったら、だけど」

「もちろんです。私で良ければいつでも」

そのまま私はお茶会を後にし、自室へ戻った。

「……貴女に辛い思いをさせて……私はデイビットに恨まれてしまうわね……」

だから、最後のライラ様の呟きは私の耳には届かなかった。

自室へ戻り、少し落ち着いてから、マルコ様へ話しかける。心臓が口から出そうな程緊張する。

「リッチ様。ハンカチありがとうございました。洗ってお返ししますわ」

……本当は返したくない。想い出の品として保管したい。現世に真空パックが出来る技術がない事が悔やまれる。

「いえ。そんな物、捨てて頂いて構いません。お役立て出来て良かったです。それと、私の事はマルコとお呼び下さい」

「……では、マルコ様と」

きゃー！　名前呼びよ!?　どうしましょう。

「いえ。是非『様』もなしで。私はクロエ様の護衛ですから」

「では、マルコと呼ばせて頂きますね」

「はい。クロエ様」

なんだか、ふわふわして雲の上を歩いてる気分だわ……だって今まで言葉を交わした事もなかったのよ？　王家の夜会で警護にあたるマルコ様を遠くから見ているだけの存在だったのに……こんなに恵まれていていいのかしら？

私は幸せな気持ちで一日を終える事が出来た。

そうそう、名前も覚えなかった侍女については、早速私の専属を外れてもらった事は言うまでもない。

私が王太子宮に来て早一週間になろうとしている。私は今、非常に困惑していた。

「で？　どなたが此方(こちら)へいらしたと？」

私は来訪者を告げに来た護衛に再度訊ねた。

「ですので……セリーナ・ロッテン子爵令嬢です」

……聞き間違いではなかったのね。

確か殿下は『わざわざ会いに行かない限り会うことはない』そう仰(おっしゃ)っていたと思うけど……何故？

「先触れもなく？」

「はい。その通りです……如何いたしましょうか」

ここで、護衛を責めても仕方ない。

「そう……出来ればお帰り願いたいところだけれど……ここまでいらっしゃっているのなら仕方ないわね。応接室へお通しして。それと……誰か殿下へその旨を伝えに言って貰えるかしら？」

「はい。畏(かしこ)まりました」

「マルコともう一人護衛を……出来ればイーサンがいいわ。それと……ナラ、あなたともう1人侍女に着いてきてもらいます」

イーサンは私に付いてくれている護衛の一人。かなりのイケメンだ。

ロッテン子爵令嬢がマルコ様に興味を持っては困るので、更にイケメンを用意する事にした。ちなみに、心の中ではマルコ様と呼んでいる。呼び捨てなんて畏れ多くて無理だ。

侍女は最近、ずっと私に付いてもらっているナラ。

ナラは母親ぐらいの年齢で、頼りになるので私はとても気に入っている。人数をある程度連れて行くのはロッテン子爵令嬢が何か言い出した時の証人になる為。

証人は多いに越したことはない。NO！　冤罪！

私が応接室へ入ると、そこには座ったままのロッテン子爵令嬢がいた。

「あ、どうも！　こんにちは。あなたがクロエさん？　はじめまして！　私はセリーナよ。よろしくね！」

……私が声をかけていないのに、何故向こうから話しかけるの？　それに名前呼びなんて許してないわよ？

ロッテン子爵令嬢は私の後ろに護衛の姿を認めると頬をポッと染めた。

マルコ様じゃないでしょうね？　見ないでよね。減るから!!

「ロッテン子爵令嬢。目上の者から声をかけられていないのに、話しかけてはいけないと習いませんでしたか？　それに私は名前を呼ぶ許可を出してはいません。私の事は今のところ、オーヴェル侯爵令嬢とお呼び下さい」

「えー。習ったかもしれないけど、どっちでも良くない？　それに、オーヴェル侯爵令嬢なんて、長ったらしくて面倒くさーい」

口を尖らして拗ねてみたところで、可愛いと思うのは、惚れた相手かおじさんぐらいである。私には通用しない。

「……ところで、何かご用でしょうか？」

「だってぇ。アレクに何度も紹介してって頼んでるのに、全然会わせてくれないんだもの。それに、あなたも全然挨拶に来ないし。だから私から来てあげたの」

　あんまりな言い草に、私の後ろに控えた者達から殺気を感じる。

「で、ご用は？　顔を見て満足されましたのなら、お帰り下さいませ」

「え？　わざやざ来たのに酷くない？　だって、私の代わりにアレクと結婚するんでしょ？　どんな人か知りたいのは当たり前じゃない。でも、ごめんね。アレクが私を愛してるから、あなたは名前だけの王妃になるんでしょ？　辛いわよね。愛されてもいない相手と結婚なんて」

　……よく動く口ね。内容は馬鹿みたいだけど。

「会話の主旨がよくわかりませんが、貴女の代わりに殿下と結婚するわけではございません。私はエリザベート様の代わりを勤めるだけですわ。それに、辛いとは？　愛してもいない相手に愛されても迷惑なだけですので、何も辛い事はございません。ご心配には及びません。それで、他にご用はございます？」

「え？　強がっちゃって……可哀想。愛のない結婚よ？　嫌でしょ？」

「私は侯爵令嬢です。元々政略結婚をするつもりでしたので、相手が代わっただけですわ。それより、先程から少し気になりました事をここでお話ししても？」

「何を？　私に訊きたいことでもあるの？」

「では……遠慮なく。淑女教育をなさっているとお聞きしておりましたが……何も身につけていない状況に、焦りをお感じにはなりませんの？　もしかして、とても鈍感でいらっしゃるとか？　私なら恥ずかしくて外を歩けません。そもそも淑女教育を終えられなければ、貴女は側妃にもなれな

い事はご理解していらっしゃいますか？　それとも、側妃になる気はないのでしょうか？　だから
こんな所までノコノコとおいでになって、油を売っていらっしゃるのかしら？　ごめんなさいね、
疑問ばかりが湧いてしまって」
「な、な、何よ！　結局、嫉妬してるんでしょ？　みっともない！」
「嫉妬……。なるほど、貴女は私に嫉妬をしていますのね？」
「はぁ？　話をちゃんと聞いてた？　なんで私が嫉妬するのよ！　嫉妬してるのはあなたでしょ！」
「人は言い争う時、自分が言われて嫌な事を相手に無意識に言うものです。まぁ、仕方ありません
わよね。貴女は逆立ちしても王妃にはなれませんもの。心中お察しいたしますわ。でも、こればか
りは貴女にお譲りする事は出来ませんの。可能ならば、すぐにでもお譲りいたしますのに……とっ
ても残念です」
そこまで言って私はにっこりと微笑んでみせた。
あらあら、真っ赤な顔して俯いたけど、今度は何を言ってくるのかしら、語彙力が無さそうだか
ら、あまり目新しい悪口は言えそうにないけど。
そうしていると、アレクセイ殿下が応接室に飛び込んで来た。
「セリーナ！　何故此処にいるんだ！」
急いで来たのだろう、額に汗を浮かべている。
「アレク！　酷いの！　クロエさんが私に酷いことを言ったの！」
言いながら、ロッテン子爵令嬢は殿下の胸に飛び込んだ。

「酷いこと？」

殿下が彼女の顔を心配そうに覗き込む。

「そうなの！　私がみっともないって」

……みっともないと言ったのは、そちらですけどね？　もう忘れたの？　鳥頭。

「オーヴェル侯爵令嬢……それは本当か？」

「本当かと訊かれるのなら『嘘です』と答えるしかありませんが、殿下が私の言う事を信じるのか、ロッテン子爵令嬢の言う事を信じるのかは、私のあずかり知らぬ所でございます。それより殿下、不快な思いをさせぬように努めるつもりと言ったそばから、これでは……私、困りますわ。私には私の予定がございますので、ロッテン子爵令嬢をお慰めになりたいのなら、どうぞ後宮へ行かれて下さいませ。それでは、私は失礼させていただきますわ」

「ま、待ってくれないか。ちゃんと双方の話を聞きたい」

ロッテン子爵令嬢を腕に抱き締めたまま私を呼び止める殿下……二人ともに良い顔をしようとしても難しいと思いますわよ？

「私には何も弁明する事はございません。私の発言をお知りになりたいのでしたら、この部屋にいた者にお聞き下さい」

「そんなの、あなたの従者ならあなたに味方するに決まってるじゃない！」

「ロッテン子爵令嬢の従者もいらっしゃるじゃありませんか。それに、私に付いている従者の主は殿下です。殿下に嘘をつくことはありませんでしょう。感情に任せてお話しになるより、冷静な者へ聞き取りをされる方が時間の無駄になりません。それと、私への面会は先触れを。今日は初回でしたので大目に見ましたが、二回目はありませんので、そのおつもりで。それでは、今度こそ私は失礼させていただきます」

私はそう言い残して、部屋を後にした。

「あれ、なんでしょうかね？」

自室に戻った私に、不快感を隠しもせずにお茶を用意しながらプリプリ怒っているのはナラだ。

私はナラのこういった気さくな感じを気に入っている。肝っ玉母さんといった風貌のナラは元伯爵夫人だ。

離縁をした女性というのがとにかく暮らしにくいこの国。実家に戻る事も叶わず、離縁されたとして傷物扱い。身を立てる為に職業夫人を目指す者も少なくないが、なかなか仕事を見つけるのも難しい。前世の私のように離婚、即実家へ戻るなんて事は不可能だ。女性に優しくない世界だなとつくづく思う。

「本当に……私にはよくわからない生き物だわ」

「殿下はあんな女のどこが良かったんでしょう？」

あんな女かぁ……私の前では良いけど、気を付けてね？

「殿方の好みはわからないけれど……ああいった女性が好きな方も少なからずいるのではないかしら？」

「私はあんな女、好みではありません！」

……何故かマルコ様が話に割って入った。

この一週間で私は少しずつ侍従との距離を掴めてきた。

そして、嬉しい事にマルコ様は、護衛をしながらも、私に何か困っていることはないか、退屈してはいないかとよく声をかけてくれるタイプだ。主だから仕方なくって事は多分ない……はず。

「あら？　ああいった守ってあげたくなる感じの女性……騎士なら心惹かれるのではなくて？」

この話の流れで、マルコ様の好みの女性が訊けないかしら？　もし好みがわかれば、侍女選びの参考にもなるし、なんなら私自身がそれに寄せてみせるわ！

「いいえ。私はああいった媚を売るような女性は好きではありません」

「そう。では……マルコはどういった女性が好みなのかしら？」

……よし！　訊けた！　不自然じゃなかったよね？　自然に訊けたよね？　鼻の穴膨らんでなかったわよね？

「私の好みなど……」

え、赤くなって俯いた顔も可愛いんだけど？　何？　私を悶え殺す気？

「あら？　内緒なの？　私、口は堅いのよ？」

「で、でも、私は……」

うーん。これ以上しつこくしたら嫌われそう。

「わかったわ。意地悪するつもりはないのよ？」

「は、はい」

モジモジしてるマルコ様、超絶可愛い！

……でも、あの恥ずかしがり方……もしや意中の人が居るのでは？　私はそう思い当たると、鉛を飲み込んだように心が重くなっていった。

第二章

夕食の時間になり、侍女が私を呼びに来たが、その時に私は意外な人物の来訪を告げられた。

「殿下が？」

「はい。今日はクロエ様と夕食をご一緒すると」

私が王太子宮に来て一週間。殿下がこの宮の部屋を使っている形跡はない。

従者の話によると、朝、昼は王宮で執務をし、夕食は離宮でロッテン子爵令嬢と、そして夜はまた王宮の自室に戻っているとの事だ。

……まぁ、昼間の件で話がある事は容易に想像が出来る。

もしや『愛しのセリーナを苛めたな！　婚約破棄だ！』なんて言われるのかしら？　でも、私と婚約破棄したら、もう相手は居ないけど。

食堂へ行くと、すでに殿下が座っていた。私は殿下に遅れた事を謝罪し、殿下から一番遠くの席に着く。向かい合わせではあるが私達の間には無駄に長い食卓がある。二人の心の距離をよく表していると思う。

「いや、急に来たのだ。気にしなくて良い。じゃあ、食事にしよう」

殿下が言うとすぐに給仕達が動き始めた。

……静かだ。ただ、ただ食事をしてるだけ……もう食事も終わるのだけど、用件は？

「殿下。お訊ねしても？」

「あ、ああ。何だ？」

何だ？　って何だ？

「いえ。お話があったのではと思いまして」

「その……今日はセリーナが申し訳なかった」

……何について謝ってるの？

「私がロッテン子爵令嬢と顔を合わせる事がないように配慮していただける……その事についてでしょうか？」

「もちろんその事もあるが……セリーナの発言もだ」

ちゃんと、周りの人間に話を聞いたようね。

「私への発言については、気にしておりません。私がお飾りの王太子妃になる事は事実ですから。ただ、彼女は今回の件で、もう少しご自分の責任を考えるべきだと私は思います」

「責任？」

「はい。殿下はご自分の責任を感じていらっしゃるようですけれども、彼女はどうでしょうか」

「今回の事は私がセリーナを愛してしまったからで、彼女には何の責もない」

殿下のこの態度が、彼女の言動があなった一因でしょうね。

「殿下の不貞。これは紛れもない殿下の責任です。しかし婚約者がいる殿方に、たとえ下心がなかったとしても不用意に近づく事は、貴族の子女とすればあるまじき行為です」

「しかし、セリーナはまだ教育をしっかりと受けてなくて……」

「ならば、学園に来るべきではありませんでした。ましてや王族が在籍する学園に。学園に通う事は任意であって義務ではございません。今回の行為を教育の不備というなら、それは子爵の責。しかしそれだけでしょうか」

「私が好きになったのだ。責めるなら私を……」

「責めているわけではございません。しかし、今回の件は、沢山の人の人生を変えてしまった事をお二人とも理解するべきです」

「……王族としての義務はわかっていたが、兄上の死後、急に王太子として振る舞えと言われ、エリザベートが婚約者となった。私は……色々な事に疲れていたのだ。それに、政略結婚であっても、互いを尊敬し気持ちを通わせる事が出来ればとそう思っていたのだが、エリザベートとは……」

エリザベート様と殿下の関係性はわからない。だがそれは不貞を肯定する理由にならない。もっと言えば当時殿下がどれだけ疲れていたとしても、ロッテン子爵令嬢の責任が帳消しになるわけではない。

「お二人の関係性は想像する事も出来ませんが、政略結婚は殿下のみが理不尽に感じている事ではございません。婚約者と良好な関係を築いている者もおりますが、大半は気持ちの通わぬ者ではないかと思います。結婚してから良い関係を築ける者もいるかもしれませんが、それも一部でございましょう。殿下だけが辛く悲しい結婚を強いられているのではありません。少なくとも、私はこの結婚をとても理不尽だと感じている事をお忘れなく」

私がそう言い切ると、殿下は傷ついたような顔をした。

「……わかった……」

「今後はせめて、ロッテン子爵令嬢が王太子宮へ来られませんよう、しかとお伝え下さいませ。その代わりではありませんが、私からは絶対に後宮へ近づく事は致しませんと誓いますわ。……それでは殿下、よろしくお願いいたします」

深々と礼をして、席を立ち、食堂を後にした。それを咎める者は誰一人としていなかった。

自室のソファーに力なく座り込む。背もたれに頭を乗せ、右腕で視界を遮る。そんな私に誰かが近づいてきた。

「……クロエ様」

マルコ様だ。

「……わかってる。言い過ぎたわ。ちゃんと明日、殿下には謝罪をするわ」

夕食での会話を思い出す。

沢山の人を振り回したくせに、全く理解してない二人にイライラした。ダメだわ。こんな事では。

「お茶を用意させましょうか？」

「……いいえ。少し飲みたい気分だわ。ワインを用意するように伝えてくれる？」

「畏まりました」

「ねぇ、マルコ。少し付き合ってくれない？」

「まだ、私は勤務中なので……」

「……そうね。ごめんなさい。無茶を言ったわ。忘れてちょうだい」

少しの間、沈黙が降る。マルコ様の真面目な声が、少しだけ柔らかくなる。

「クロエ様。私はもう少しで交代なのですが……その後に私もお酒を飲みたい気分なのです。良かったら付き合って頂けませんか？」

「……いいの？」

「もちろんです。クロエ様が許可してくださるなら、ですが」

私はそこで初めてマルコ様の顔を見た。そこには少し微笑んだマルコ様がいた。

マルコ様は約束通り、交代を終え、少しラフな格好でやってきた。

私は湯浴みを済ませて、シンプルなワンピースに着替えた。当然すっぴんだ。でも、今更化粧をするのも、なんか気合いが入り過ぎて見えないか心配で、結局出来なかった。

「ありがとう。マルコ」

「いえ。私が飲みたかったんです。街に出て飲むより、良い酒が飲めて、私としては有難い限りですよ」

そう言って二人でワインを飲み始めた。

部屋には今は私達だけだ。扉は少し開けてあるし、部屋のすぐ外には護衛の姿もある。メイドもちょこちょこと様子を見に来てはくれるが……二人きりだ。

緊張からか、飲むペースが少し早くなる。

「今日はみっともない所を見せたわ。ごめんなさい」

「何故、クロエ様が謝るのですか？　私も今回の事には、思うところがあります。クロエ様は間違った事は言っておりません」

「でも、私は自分でこの事を受け入れたの。それなのに……八つ当たりよね。文句を言って良いのは、エリザベート様だけだわ」

「いえ。クロエ様にもその権利はありますよ。巻き込まれた張本人ではないですか」

「そうね。確かにそうだわ。でも……」

「『でも』は無しです。きっと、殿下もクロエ様のお気持ちを理解されたと思いますよ。もう一人の方には……無理かもしれませんが」

私を肯定してくれるマルコ様の気持ちが今の私には有り難かった。

「そうだといいな……と思うわ」

「……クロエ様は、デイビット殿下の事が、お好きだったのですか？」

突然のマルコ様の質問に、私はしばし無言になった。一呼吸置いて、ゆっくりと答える。

「どうかしら？　私、デイビット殿下の婚約者候補だったの。知ってるわよね？」

「はい」

「候補者の時は王子妃教育が嫌で嫌で。これ以上辛い思いをするなら、婚約者に選ばれたくないってそう思ってたわ。でも、エリザベート様が婚約者に選ばれた時、少しだけ胸が痛んだの。それが恋と呼ばれるような気持ちなのか、それとも母に失望される恐れなのか、その時はわからなかった」

少し酔ってきたのだろうか……何故か私は素直な気持ちを吐露していた。

「でも、最近、ライラ妃陛下とデイビット殿下の事をお話する機会が増えて、あの時を思い出すと……もしかしたら、あれは私の初恋だったのかもって思う。それに私、殿下が羨ましかったの」

「羨ましい、ですか？」

「そう。王子妃教育の中で、私は自分の感情を表に出さない事に慣れてきたわ。でも、デイビット殿下は違った。王太子には相応しくない事だけど、すぐに表情に出ちゃうの。だから顔を見れば今の気持ちを知る事が出来た。言葉の裏を探らなくても良かった。そんな殿下と一緒に居るのは楽だったし、自分に無いものを持っている殿下が羨ましかったの」

「そうでしたか」

マルコ様は私の言葉を静かに聞いてくれる。

「殿下はね……心が綺麗だったの。だから、好きというより憧れに近い気持ちだったのかもしれない。そう思うわ。隙を見せれば、足の引っ張り合い。そんな貴族の姿に自分が近づいている事がどうしようもなく嫌だと思った時があった。幼かったのね。私も」

すっかり貴族として生きていく事に慣れた今の自分を、デイビット殿下はどう思うのだろう……

「さぁ、もう湿っぽい話はやめましょう。マルコ、おかわりはどう？」

私は敢えて気持ちを切り替えるように、明るく声をかける。

「いただきます。でも、クロエ様は大丈夫ですか？　もうかなり飲まれているようですが……」

「平気！　そうだ、とっておきのワインがあるの。私の産まれた年のワインでね」

そう言って私はメイドに隣の部屋からワインを持って来させた。

そのワインのボトルが空になる頃、あることを思い出す。

「あのねぇ、わたくし、マルコにぃ、わたしたいもろがあるの」

「クロエ様、もう飲んではいけません。さぁ、グラスを置いて下さい。呂律(ろれつ)が怪しくなっておりますよ？」

「そぉ？　わかった、わかった。もうのまにゃい。でも、わたすもの、もってくるから、まって？ね？」

私は覚束(おぼつか)ない足取りで、チェストから一枚のハンカチを取り出した。

「これ！　まえに、ハンカチ……マルコにもらっちゃったれしょ？　これはおれい。わたくしがししゅう……したのよ？」

私はマルコ様にハンカチを手渡した。

そこまではなんとなく覚えてる……ような気がする。

……しかし、その後のマルコ様の言葉はほとんど聞こえていなかった。

マルコ様にハンカチを渡してホッとしたのか、そのままソファーに座って眠ってしまった。

「クロエ様……貴女は騎士に自ら刺したハンカチを送る意味をご存知なのか？　……可愛いひとだ」

その呟きは、誰の耳にも届く事はなかった。


「あぁ……やってしまった……」

翌朝、私は酷い頭痛に襲われていた。完全に二日酔いだ。

私はいつの間にか、自室のベッドに横になっていた。ここにどうやって来たのか……覚えてないし、知るのが怖い。

なんとなく覚えているのは、ワインを開けた所ぐらいまでだ。あとは……マルコ様にハンカチを渡した気がする。本当ならもう少しちゃんと渡したかった。

……どうしよう。推しに醜態を晒してしまった。だって二人でお酒飲めるなんて、この先もうそんなチャンスがないだろうと思ったら、浮かれちゃったんだもん。

私は二日酔いによく効くという薬を処方してもらい、怠い身体を引きずりながら厨房へ行く。殿下へ謝罪するのにサンドイッチを作って昼食を一緒にしようと考えていた。

私は前世の記憶のおかげで料理は一通り出来る。前世と同じ食材がないときは工夫が必要だが、サンドイッチぐらいならどこでも作れる。

私は料理長に驚かれながらも自ら作ったサンドイッチをバスケットに入れ、それを抱えて王宮の執務室へ向かった。殿下は昼食をいつも執務室で取るらしい。王宮に向かう私を護衛してくれるのは、今日はレイブンという騎士だ。マルコ様は今日は夜の護衛につくとの事で、顔を合わせる事が恥ずかしかった私にはこのシフトは有り難かった。

殿下の侍従に執務室へ案内される。

入室の許可を得て、私が執務室へ入ると目を丸くした殿下が私へ声をかけた。

「オーヴェル嬢……今日はどういったご用件で？」

……言葉遣いがおかしい。挙動不審にも程がある。

「殿下。まずは昨日の私の発言の謝罪を。自分で決め受け入れた事に、八つ当たりのような真似をしてしまいました。大変申し訳ありません」

私はそう言って頭を下げた。

「オーヴェル嬢、頭を上げてくれ！　あれは私が悪かったのだ。貴女は少しも謝る必要はない」

「いえ、私は明らかに言い過ぎました。お二人の事に私が口を挟む権利はございませんでした」

「……いや。私は昨日、オーヴェル嬢に言われた事をあれからずっと考えていた。そして、自分がどれほど周りに迷惑をかけたのか、きちんと理解してなかった事に改めて気づいたんだ。立ち話もなんだから、そこに座って話そう」

殿下に促され、席につく。

「私の方こそ、謝らなければならないと思っていた。セリーナに出会って、自分が自由になれた気がした。恋をした事などなかったし、する事もないと思っていたから……舞い上がってしまった。でも軽率だった」

殿下。一応、私が言った事、考えてくれていたのね……

「セリーナに妾（めかけ）になれとは言えなかった。身分なら、なんとかなるんじゃないかと、甘い考えを持った事も事実だ。婚約解消を申し出された時には、もちろん焦ったよ。セリーナは単純に喜んでいたけれどね。オーヴェル嬢には、本当に申し訳なく思っている。セドリックにもだ。こうして考えると、私はどれだけの人に迷惑をかけているのだろうな」

「私は昨日の事について踏み込み過ぎたと反省しております。しかしながら、こうして殿下に考えていただける切っ掛けとなったのであれば、光栄にございます」

「君のおかげだ。ありがとう」

殿下だけがわかってもダメなんだけどね。まあ、一歩前進ではあるか。

「いえ。で、今日は謝罪に伺ったのですが、ついでに殿下と昼食を、と思いまして。サンドイッチを持って参りましたの。ご一緒にいかがでしょうか？」

「わざわざ持ってきてくれたのかい？　ありがとう。ちょうどお腹も空いてきた頃だ。では、一緒に食べよう」

「はい。私が作った物ですので、お口に合うかどうか。あ、私が先に食べますので、ご安心下さい」

「オーヴェル嬢が私に毒を盛るとは思ってないよ。でも、これ全部君が作ったのかい？」

「ええ。大した事はしておりませんが。殿下、お茶を入れ直していただきましょう」

私はメイドにお茶を頼み、殿下の方へ顔を向けると、殿下は早速サンドイッチを手に取っていた。

二人でサンドイッチを頬張る。

「美味い！　これは美味しいよ」

「お口に合ったようで、ようございました」

「オーヴェル嬢は料理も出来るのかい？」

頷こうとして、ふと気付いたことを指摘する。

「殿下、クロエですわ」

「ん？」

「もう婚約者になったのですから、家名で呼ぶのはおかしいかと」

「クロエ嬢……」

「クロエで結構ですわ」

「クロエ」

「はい。殿下。もうひとつお食べになりませんか？」

「ああ。いただこう」

私達は昨日の蟠りが溶けるように、穏やかに昼食を終えた。

殿下も、悪い人ではないのよね。恋は人をダメにするって、本当だわ。

私は心の中でため息をついた。


早いもので、私が王太子宮へ来てから一ヶ月半になろうとしていた。

ライラ様のおかげで王太子妃教育はつつがなく終了し、すでに王妃教育に取りかかっている。

マルコ様には、お酒での失態を詫びたが、「私も随分飲みましたので、少し酔っていたようです。でも、ハンカチはちゃんと受けとりました。大切にいたします。ありがとうございます」と、私が失態を気に病まないようにとの配慮がふんだんに含まれているであろうお言葉を頂いた。

あれから、殿下は週に三回程、私と一緒にランチをするようになった。何故か私の作ったサンドイッチを甚くお気に召したようで、リクエストをされるようになったのだ。その上、何故か週に一回程度の割合で夕食も王太子宮で召し上がるようになった。まぁ、業務連絡に使っているが。

そして、結婚式を後半月程に控えた今日、私のウェディングドレスが出来上がったとの連絡を受けた。このドレス、本当ならあと十か月後に挙げるはずだったセドリックとの結婚式で着る予定だった物だ。

あの後、うちのジュリエッタとライル様との婚約は無事に成立したらしい。らしいというのは、実家からは何も言ってこなかったからだ。聞いたのは殿下から。さすが私に無関心なだけある。

まぁ、母は、はりきってお茶会でマウントをとっているようだが、勝手にすれば良いと思っている。

ドレスの準備も出来たし、後は本番を待つだけね～なんて思っていたら、来ましたよ。例のあの人が……懲りないわね、まったく。

「セリーナ・ロッテン子爵令嬢がおみえです」

「先触れは？」

「ありません」

「そう……では追い返してちょうだい」

「畏まりました」

このやり取り、今日で三日目。

本当なら王太子宮に来る事も控えるべきだ。私はそう殿下に伝えているし、殿下も釘を刺したと言っていた。でも、私も鬼ではない。せめて先触れがあれば会っても良いと思っているし、毎回護衛にもそう伝えてもらうように指示している。それでも、先触れもなしにやって来る。

……理解不能だ。先触れをすると死ぬ呪いにでも、かかってるの？

今日もギャーギャーと喚いていたようだが、無事追い返す事が出来たらしい。

「毎日、毎日これでは、護衛も疲れます。やはり殿下へ相談いたしましょう」

マルコ様がそう言うのも、もっともだ。私もそろそろ我慢の限界だし。

「そうね、明日、ランチのついでに相談してくるわ」

きっと殿下は言い聞かせているはずなのよね。好きな人の言う事ぐらい、ちゃんと聞けば良いのに……私ならマルコ様の言い付けを破るような事は絶対しないわ。絶対よ！

そう思っていたが、殿下に相談する機会がすぐにやってきた。今日は夕食を王太子宮で取るという。なんというタイミング。夕食が不味くなりそうだが、この話を殿下にするしかなさそうだ。

「……というわけなのです」

私はここ三日間のロッテン様の奇行について殿下へ相談を持ちかけた。

「……実はな。セリーナが結婚式に出席したいと言い出したんだ」

「へ？」

驚き過ぎて素が出た。

「申し訳ありません、殿下。その……聞き間違えでなければ、ロッテン様が、私達の結婚式に出席を希望していると、そう聞こえたのですが……」

「クロエの耳は確かだ。私はそう言った」

聞き間違いなら良かったのに。

「……ロッテン様はどのお立場で出席を？」

親族枠？　違うよね？

「私の側妃として出席したいと……」

確かに婚約解消をし、ロッテン様を側妃候補として後宮へ住まわせている事は、この国に住む貴族なら知ってる者も多い。しかし、この措置ははっきり言って異例中の異例。しかも王太子が結婚前から側妃を持つ事自体が異常なのだ。本来なら婚約者の私を馬鹿にしているに等しい行為である。

「殿下……。その願いが馬鹿げているものである事は、ご理解されておりますか？」

「も、もちろん。だから私はダメだと、はっきり断った。だが、セリーナは何故ダメなのか……理解できていないようだ」

……脳ミソ、お母さんのお腹の中に置いてきたのかな？

「この件に関しては、私も承知する事はできません。他の国からの来賓も多くございます。恥を晒（さら）す気ですか？」

「……恥……」

「それ以外になんと表現すればよろしいのですか？　とにかく。王太子としての外交も兼ねた式です。殿下もそれはご理解頂けていますでしょう？」

「もちろんだ。わかっている」

「であれば、しっかりとロッテン様を説得なさって下さい。殿下がしっかり手綱を引いて頂かないと困ります」

暴れ馬かよ。この日の夕食は私が殿下に説教をする形で終わってしまった。


結婚式まで後一週間と迫ったある日、私は王妃教育の後のお茶会でライラ様の顔色が優れない事に気がついた。

「妃陛下、お顔の色が優れないようですが……体調がお悪いのではないですか？」

心配する私に、ライラ様は、意を決した様子で口を開く。

「ねぇ。もうすぐ私の義娘になる貴女に聞いて貰いたい事があるの……私の秘密について」

これは、聞かない方が良いと私の本能が告げている、超絶聞きたくない。

「私なんかにお話しして大丈夫なのでしょうか？」

「ええ。貴女だから聞いて欲しいの」

……断るって選択肢はきっとないんですよね？

私が小さく頷くと、ライラ様は侍女と護衛を話し声の聞こえない距離まで遠ざけた。

「陛下がまだ王太子だった頃、私と陛下はお互い想い合う関係であった……そんな話、聞いたことあるでしょう？」

答え難い。その話は知っているけど、つまり当時から陛下と王妃陛下の仲は冷え切っていたと言うも同然で……これ、肯定していいの？

「あれね……嘘なの」

「はい？」

嘘？　嘘って言った？

明言には躊躇するけど、この国のほとんどの人が知ってる話だ。悲恋の恋を実らせて、側妃として、健気に陛下を支えるライラ様の話は、歌劇の題材にもなった程だ。それが……嘘？

「陛下が在学中に好きだったのは、私の妹ルネよ。私は只の隠れ蓑。私とルネは一つ違いで、容姿は良く似ていたの」

「……何故隠れ蓑になど？」

「ルネには当時、既に婚約者が居たの。うちの実家の領地が水害に見舞われ、借金をしなくてはならなくなった時、ソーマ伯爵の方からお申し出があってね。私か妹のどちらかと結婚する代わりに資金提供をすると。それで、妹が嫁ぐ事に。私は『女だてらに学問を極めようとするような頭でっかちは必要ない』と言われ断られたの。私は将来女官になりたいと思っていたから願ったり叶ったりだったんだけど。でも、妹が学園に入学すると、陛下は妹を見初めてしまった。妹も、婚約者が十も歳上だったせいか、婚約者を良く思っていなかったの。でも、どちらにも婚約者がいる立場。しかも、妹はお金の絡む政略結婚。ソーマ伯爵にバレたら大変な事になるからと、私を隠れ蓑に使うようになったのよ」

「でも、それでは妃陛下に要らぬ噂が立ってしまったのではないですか？　少なからず、婚約者の居る殿方に懸想するというのは些か……その……外聞が悪いといいますか……」

私が言いにくそうにしていると、ライラ様はからりと笑う。

「実は当時の私、学問のために欲しいものがいくつかあってね。どうしてもお金が欲しかったの。家はその時は本当に生活も苦しかったから、欲しいものも買えなくて。陛下が隠れ蓑になってくれたらお金をくれるって言うから、引き受けたのよ」

「では、報酬の為に？」

「そう。私には婚約者もいなかったし、結婚するつもりもなかったし。だから婚約者のいる男を好きになった馬鹿な女を演じる事になったわ。学園ではなるべく陛下と一緒にいる姿を見せたし、市井へお忍びで二人が出かける時は、妹に私の洋服を着せた。まんまと世間は私と陛下が恋仲だと勘違いしてくれたの。おかげで私は欲しいものを手にいれたけど、婚約者がいる殿方を誘惑した女と悪評もたったのよ、当時は。だから、私に結婚を持ちかける家はその時にはもう誰もいなかったの」

……まぁ……陛下の恋人をわざわざ娶りたいなんて思う物好きはいないだろう。

「でも、それがいけなかったのね。王妃様が子を亡くして離宮に引っ込んだ事で、側妃を娶るとなった時に、真っ先に私の名前が挙がってしまった。陛下も『実は付き合っていたのは妹のルネだ』なんて言えないじゃない？　臣下の皆さんは良かれと思って提案してくれてるわけだし。しかもルネはその時、すでに結婚してしまってたから、もう私にも、陛下にも選択肢がなかったの。こうなったのもお互いの自業自得だけど」

……じゃあ、陛下もライラ様もお互い、想い合ってないって事？　私がなんと答えたら良いか思案していると、ライラ様が言葉を続ける。

「妹のルネは、我が儘に育っててね。いつも私が我慢させられたの。だからかしら？　私、あのセリーナっていう女を見るとね、妹を思い出すの。……だから私はあの女が大っ嫌い」

それは、淑女の鏡と呼ばれたライラ様の仮面が剥がれた瞬間だった。

仮面を脱ぎ捨てたライラ様は、感情豊かだ。

「毎日、毎日、勉強をサボる事ばかり考えて。家庭教師はこの約二ヶ月で八人も辞めたわ。八人よ？　全く、有り得ない！　正直、常識すら持ち合わせていないの。……男を誑し込む事しか能がない所もルネそっくりだわ」

……ロッテン様への愚痴が止まらない。随分溜まってたんですね。

ライラ様はその後も、私が口を挟む隙もない程不満をぶちまけた。

「ロッテン様は、侍女とは上手くいっているのですか?」

「あの女は、侍女を奴隷か何かと勘違いしてるのよ。侍女も何人も辞めたわ。……本当にどこが良かったのかしら? アレクセイは。女の趣味が悪い所なんて、陛下とそっくりだわ!」

……本当に、悪口が止まらない。

「アレクセイが国王になったら、クロエ、貴女が、あの女を管理しなければならなくなるの。よく聞いて。こうなったら男は役に立ちません。期待しても無駄です。あの女に甘い顔を見せてはダメよ。期限は設けているけど、それに、間に合うかどうかも怪しいわ」

……間に合うも何も、ロッテン様は側妃にはなれないんですよ、処女じゃないから……とは間違っても言えない。

「私、クロエの気持ちが、少しは分かるつもりよ」

「私の気持ちですか?」

「ええ。好きでもない男に嫁ぐ。しかも相手が王族なんて、自分が苦労する事は目に見えてる。それなのに、抗う術すら私達は持ってないの。国民の為って自分に言い聞かせなきゃ、やってられないわ」

……ごめんなさい。私はマルコ様と一緒にいる自分の為です。国民は二の次なんて絶対言えない。

「クロエにはこれからも苦労をかけると思うわ。でも、私は貴女の味方よ。力になれる事は何でも相談してちょうだい。でもすっきりしたわ。誰かに聞いて欲しかったの」

心なしか顔色の良くなったライラ様を見ていると、確かにデイビット殿下の母親だな……と思った。淑女の仮面の下はデイビット殿下にそっくりだった。特に口の悪さ。

思いがけず、ライラ様の秘密を知ってしまった私は、自室に帰ってぐったりしていた。正直、疲れた。ナラに私の大好きなハーブティーを淹れてもらったが、なんだか怠くて飲む気にならない。

そんな私を心配して、マルコ様が声を掛けてくれた。

「クロエ様？　大丈夫ですか？」

「なんか怠くて。少し休めば治ると思うわ」

「では、良かったら、私がマッサージをしましょうか？　団員の中でも上手いと評判なんです」

え？　マルコ様が私をマッサージ？

そんな事されたら……天国に逝っちゃわないかな？

「そんな……申し訳ないわ」

「申し訳ないなんて、そんな……あ！　でも私がクロエ様の体に触れるなんて、許される事ではありませんよね？」

マルコ様は、きゅるんきゅるんと効果音がつきそうな瞳で私を見る。あざとい。

「べ、別に許さないとかじゃないけど……」

私は想像だけでキュンキュンしてしまって、声が段々小さくなってしまう。

「では、是非、私にマッサージさせて下さい」

あんまり断るのも悪いのかしら？

「じゃあ、少しだけ……」

私が答えると、マルコ様は途端に嬉しそうな顔になる。大型犬かな？

「じゃあ、クロエ様。今から脚を触らせて頂きますね」

あ、脚？　貴族の女性はパートナーにしか脚を見せちゃダメなんじゃなかったっけ？

「だ、駄目！」

「え？　駄目なんですか？」

だから、そんな犬みたいな目で私を見ないで！

「だって……女性が男性に脚を見せるなんて、はしたないでしょ？　それに、汚いわ」

「クロエ様に汚いところなど、一つもありません」

いや、そういう問題じゃなくて……

「それに、ふくらはぎは第二の心臓とも呼ばれていて、ここをマッサージして解すと血流もよくなるし、不眠にも効果があるんです。体の悪い物を排出させるのにも役立つんですよ」

「へぇ～。そうなのね。マルコは物知りね」

「マッサージ、得意だと言ったじゃないですか。さぁ、私の太ももに脚をお乗せ下さい！」

めっちゃ笑顔でソファーの前に跪くマルコ様……私に拒否権はないのかしら？

私はおずおずと靴を脱いだ脚をマルコ様の太ももに乗せた。恥ずかしい。今、私の顔は真っ赤だろう。どうしよう……足が臭かったら。

マルコ様は私のふくらはぎを徐に揉みしだきながら、説明してくれる。

「随分と筋肉が固くなってますね。いつもヒールのある靴を履いていらっしゃるので仕方がないかもしれませんが、出来れば一日に数分程度で構わないので、こうやってマッサージした方が良いかもしれません」

「そうなの？　確かに、夕方には足が浮腫んで、辛い時があるわ。じゃあ当分マッサージの時間を設ける事にするから……そうね、ナラにでもやり方を教えておいて貰える？」

私が言うと、何故かマルコ様はキョトンとした顔で私を見つめた。いや、その顔も可愛いな。

でもマッサージの手が止まる事はない。

「どうしてナラさんに？」

「だって、毎日マルコにさせるわけにはいかないでしょう？　やり方さえ教えて貰えれば、きっとナラにも出来るはずだもの」

「いえいえ、やはり女性の力では、ここまで凝っている筋肉を解すのは至難の技です。このマッサージは私にお任せ下さい」

……確かに、マルコ様の力加減は絶妙で気持ち良い。でもね？

「そんなの無理よ。流石に遠慮するわ。それに、マルコが夜の警備の時はどうするの？」

「なら、夜にマッサージをするだけです。なんの問題もない」

「でもやっぱり申し訳な……」

「却下です。このマッサージは私が責任を持ってやります。さて、右足終わりましたので、今度は左を」

私が言い終わるより先に、そう言って、自分の太ももをポンポンするマルコ様。

私はもう何を言っても無駄なのだと理解した。理解はしたけど、推しに毎日マッサージさせるのってどうなの？

いよいよ明日は結婚式だ。

マルコ様のマッサージのお陰か、脚の浮腫（むく）みもスッキリだ。最初、羞恥に悶えていた私も、今ではマッサージの時間を待ちわびるようになった。慣れって怖い。

そして結婚までにひとつ、私にはやっておきたいことがあった。

「クロエ様、フローラ妃陛下からのお返事で御座います」

「ありがとう」

侍女のサマンサは私にその手紙を渡しながら、続ける。

「また、お断りのお手紙ですかね？」

「……そうかもしれないわね」

私は殿下の婚約者になってから、王妃フローラ妃陛下へのお目通りの許可を頂けないかと、離宮へ何度か打診していた。

フローラ妃陛下は御子を亡くされた後、気を病んで、療養の為西の離宮へお篭りになっている。公の場に出る事はなく、陛下にもライラ様にも殿下にもお会いする事がないという。

限られた人数の侍女と護衛が側に侍っているというが、主治医のエモニエ公爵以外、王宮の他の者がフローラ様に会ったという話を聞いた事がない。

実質的にはライラ様が公務を行っているとはいえ、この国の正妃はフローラ様だ。

そこを私は無視する事は出来ないと思って面会を願い出ているのだが、今まで色よい返事を頂けた事はない。大体が『今日は体調が思わしくない』という断りの返事だ。

私は今日も同じ返事を予想して、封を開ける。

「まぁ……フローラ様が会って下さるそうよ」

「今日ですか？」

「ええ。今日の午後からならお時間を作って頂けるようだわ」

私は自分の予定を確認し、手土産を頼む。

「あ、あとね。離宮へお伺いするのに少し条件があるみたい。侍女と護衛をお供させる事は良いけれど、フローラ様へのお目通りは私だけに……と」

「え？　それって危険はないのですか⁉」

サマンサが心配そうに私を見る。

「フローラ様が私をどうにかするとは思えないし、もしかすると、弱っていらっしゃるお姿をあまり人に見せたくないのではないかしら？　せっかく面会を許可して頂いたのだし、私は大丈夫だから、この条件の通りにしましょう」

サマンサは渋々ながら、私の言葉に頷いた。

午後になり私は西の離宮へ向かう。

離宮は王宮から馬車で二十分程の所にある。到着すると私達一行は護衛に離宮の奥へと案内された。

「ここは……」

「フローラ様の自室にございます。護衛と侍女の方々はこちらでお待ち下さい」

私の連れて来たサマンサを始めとした侍女三人と、マルコ様を始めとした護衛三人はフローラ様の自室の向かいにある部屋へ通された。

マルコ様は、「私だけでも、部屋の前で待たせて頂きたい。廊下で構わない。主の声の届かぬ場所になど行く事は出来ません」と頑なに廊下で控えておく事を主張して、その気持ちを汲んでか、彼一人だけは廊下に控えておく事が許された。他の者は部屋へ通されたが、こちらは扉を閉める事を頑なに拒否していた。みんなの気持ちが有難い。

しかし、応接室ではなく自室で面会とは。それほどまでに体調が悪いのだろうか。

私はいよいよフローラ様の部屋に通される。

マルコ様は、「何かあったら、大声をあげて下さい。すぐに駆けつけますので」と言ってくれた。

超カッコ良いんですけど！

ついときめいてしまい、気持ちを落ち着かせながら部屋へ入るが、フローラ様の姿はない。

「フローラ様は奥のお部屋です。こちらへ」

護衛は次の部屋へ繋がる扉に手をかけた。

そこはきっと寝室なのだろうと予想はつく。ベッドから離れられない程体調が悪いのだろうか。

そう思いながら私は開かれた扉の向こうに目をやり、その部屋の光景に絶句した。

私の背後では素早く扉が閉まったが、私はその事にも気付かない程の衝撃を受けていた。

そこは……寝室ではなかった。部屋の奥に大きな長椅子がドーンと置いてあり、フローラ様はその椅子に気だるそうに座っていた。

それは良い、問題はフローラ様の周りの人物だ。

そこには、とにかく見目の良い男性が七、八人程フローラ妃陛下を取り囲むように侍っていた。ある者はフローラ妃に傅くように、またある者はフローラ妃の愛を乞うように。そしてそこにいる全ての男性は……ほぼ裸であった。腰の辺り、大事な部分だけを隠すように布が巻かれているだけだ。いやでもその布が薄い！　はっきり言って見えてる。彼らの大事な部分がうっすら見えちゃってる！

この状況は何なのか？　私はどこを見れば正解なのか？　私は視線を彷徨わせる。

そんな私の姿を見て、フローラ妃陛下は面白そうに声をかけてきた。

「どうぞ。そちらにお座りになったら？」

フローラ妃陛下の指し示す場所にはこれまたゆったりとした椅子が置いてある。

私はその声に我にかえり、カーテシーをする。

「はじめてお目にかかります。私はクロエ・オーヴェル。アレクセイ王太子殿下の婚約者でございます。以後お見知りおきを。フローラ妃陛下にはご挨拶が遅れました事……」

私が挨拶と謝罪を口にしていると、最後まで言い終わらないうちに、柔らかな声が聞こえた。

「フローラよ。妃陛下とは呼ばれたくないの」

「……では、フローラ様と」

「そう。それでいいわ。貴女がクロエね。よろしく」

フローラ様が目で合図を送ると、半裸の男性が私を椅子にエスコートした。

そしてまた別の男性がお茶を用意してくれる。全ての所作がとても美しく、きちんと教育された男性だとわかる。……ほぼ裸だけど。

「ごめんなさいね。何度も面会を拒んでしまって。でもね、明日が結婚式でしょう？　ならもう貴女も私の仲間だもの」

「仲間……ですか？」

「そうよ。私、ここに引きこもっているけど、別に情報が全く入らない訳じゃないの。だから知ってるの、貴女の事も、あのセリーナって女の事も」

「知っているとは……」

「殿下が愛しているのはあのセリーナって女で、貴女とは形だけの結婚……いいえ、仕事をさせる為の結婚とでも言うのかしら？　優秀であるのも良し悪しね。面倒な事だけさせられて、飼い殺しになるなんて」

「飼い殺し、ですか？」

「そうね。私はそうなりたくなくて、ここにいるの。だって、他の女を愛してる男の為になんて働きたくないでしょう？」

……たしか、ローウェル王国の前国王夫妻、フローラ様のお父上とお母上とは大層仲が良いと聞いた事がある。しかも王族であっても一夫一婦制だ。フローラ様は元々その想いが強かったのかもしれない。

「フローラ様はお体の具合がよろしくないのでは？」

「確かに……子を亡くしてすぐの頃は、気が塞いで、食事もとれなくなっていたけど、ここに籠ったのはそれが原因ではないわ。あの男の顔をみたくなかった。それだけよ？」

あの男とは陛下の事で合ってます？

「で、今のこの状況は……」

「フフッ。素敵でしょ？　みんなとても良い子達なの」

そう言うと、フローラ様は隣に座っていた男性の顎を掴みキスをした。キスをされた男性は蕩けそうな顔をしてフローラ様を見ている。

……私は何を見せられているのだろう。

「でも、勘違いしないでね？　ここにいる子達のお給料は私の私費よ。一応王妃としての予算でお金も頂いているけれど、生活に必要な分だけ。だって私は王妃の仕事を放棄したんだもの。それ以上のお金は受けとれないわ。それぐらいの分別はあるつもりよ？」

……確かにそれについては筋が通っているかもしれないが……だからと言ってイケメンを侍(はべ)らせ

て良いのだろうか……しかも半裸の。

「この事は陛下は……」

「もちろんご存知ないわよ？　流石にこれはまずいでしょ」

フローラ様は笑う。とても気を病んで療養中の方には見えない。

「では、今日私をこの場にお呼びになったのは……」

「フフッ。貴女は明日、王太子妃になる。しかもお飾りの。だから、この秘密を知っても、もう逃げられないでしょ？　それに、貴女に一言忠告しておこうと思って」

「忠告ですか？」

「そう。お飾りの王妃なんて、苦労ばかりで良い事なんてないわ。だから、貴女も何か拠り所となる物を見つけてちょうだい。それとね、自分が強くある為に、自分のお金を持ちなさい。いつ裏切られても良いように。私は自分のお金を投資して増やしているの。これでも、結構才能があるのよ？」

「拠り所……」

そうフローラ様に言われた私の頭には、マルコ様の顔が思い浮かんでいた。

「そうよ。それに人は裏切るけどお金は裏切らないわ」

「……では、フローラ様の『拠り所』とは……」

「もちろん、この子達よ。ここは私のハーレムなの」

……ですよね。見てわかりました。

「この子達は私自ら探しだして来た子よ。教育も私が一から教えて」

え？　今、ちょっと聞き捨てならない言葉が……

「自ら……と申されましたか？」

「そうよ。自ら」

「では、此処を出て……」

「もちろんお忍びに決まってるじゃない。ここは王宮から離れてるし、あの男は私に興味はないし、変装すれば大丈夫だったわ。ここにいる護衛は私が国から連れて来た者だし、侍女も私が国から連れて来た者。この国におもねる者は誰も居ないから」

「ではこちらの方々の身分は……」

「平民もいれば、貴族だった子もいるわ。もちろんさらってきたりしてないわよ？　みんなの意思を尊重してる。でも、私の元を離れる事は出来ないの。流石にここに連れて来た子を外には出せないわ。それは皆に申し訳なく思ってる」

そうフローラ様が悲しそうに俯くと、フローラ様の横に座っていた男性が、フローラ様の手を両手で包んだ。

「フローラ様。私達が貴女から離れたいなどと思うはずがありません。私達は身も心も全てフローラ様に捧げております。そんな悲しそうな顔、なさらないで下さい」

「アレン……ありがとう」

フローラ様は微笑んでアレンと呼ばれた男性の頬にキスをした。

……私は何回目かの遠い目をする。本当に何を見せられているんだろう……

微笑むフローラ様は確かに美しい。

容姿はライラ様が可愛い系なら、フローラ様は美人系。どちらかと言うと、私の系統に近い。陛下の好みではなさそうだ。

「私が誰かにこの話をするとは思われませんでしたか？」

「ん〜。それは思わなかったわ。何故かしらね。仲間意識かしら？　愛されない女としての。というか、貴女なら何かを愛でる私の気持ちをわかってくれる気がして」

……え？　私に『推し』がいる事知ってるの？

「とにかく。これから貴女の歩む道は決して楽な物ではないと思うの。だから、誰かに頼るのではなく、自分の足で立ってちょうだいね。何かあったら相談して」

……良い事を言って下さっている筈なのだが、裸の男がチラチラして、中々頭に入ってこないのは、私の責任ではないと思う。

こうして、フローラ様への訪問は私に衝撃を残し幕を閉じた。


今日はいよいよ、結婚式。

私はまだ昨日の衝撃を引きずっていたが、フローラ様の話の中で、自分でも納得できた部分があった。

それは、自分のお金を持つという考えだ。

もちろん王太子妃としての予算はある。しかし単純に自分、クロエとして使うお金は自分で稼ぎたい。

私は侯爵家から持って来たドレスとアクセサリーを売る事にした。こんな所でセドリックから贈られた物が役に立つとは。持ってきて良かった。

もちろん持参金もあるし、自分のポケットマネーも持っているが使えばなくなるのは当たり前。増やす為の投資……これは私にとっても目から鱗だった。とりあえず、投資は追々考えるとして、今は結婚式に集中しなければならない。

あれからロッテン様の襲撃はなくなった。殿下がきちんと説得してくれたのだろうと思っていたのだが……

「セリーナ・ロッテン子爵令嬢がお越しです」

げんなりした顔の護衛が報告に来た。

朝から体中をピカピカに磨かれ、さて準備をしましょうか……といったタイミングだったので、もちろん、「帰って頂いて?」と言ったのだが、困ったように護衛は眉を下げた。

「それが……門の前で座り込んでおりまして……」

手荒な真似が出来ない護衛は、ホトホト困っている様子だ。

今日は殿下も朝から忙しい。こんな事で手を煩わせるのも申し訳ない。

「……仕方ないわね。私が門の所まで行きましょう。中には入れないで」

私が言うと、護衛は明らかにホッとしていた。

護衛をゾロゾロと引き連れて門へ向かう。何故か今日はマルコ様は非番だ。こんな日に休みって……悲しい。ドレス姿を見せたい相手はマルコ様だけだと言うのに。

私が門の所へ姿を見せると、ロッテン様が声を荒げた。

「あ！　ちょっと！　ここ開けてよ！　ねぇ」

「ロッテン子爵令嬢。此処へは来ないようにと、さんざん殿下に言われていらっしゃいませんか？」

「何で来ちゃダメなの？　此処って本来なら私が住む所でしょう？」

……はい？　どういう事？

「申し訳ありませんが、仰(おっしゃ)っている意味がわかりません」

「だって結婚したら、アレクは此処に住むんでしょ？　なら、私も此処に住むのが当たり前じゃない？」

……なんでそんな考えに？　……どうしよう……頭痛くなってきた。

「それについては、私から説明する事はございません。殿下にお聞きになって下さい。ところで、今日は何故こちらへ？」

私は説明を放棄した。

私には準備がある、こんな所で時間をくっていたら、ナラ達に叱られてしまう。

「今日って結婚式でしょ？　なんで、私にはドレスが用意されてないの？　結婚式に出席するにはドレスがいるわ」

……もうイヤ。この女の頭の中ってどうなってるの？

「ロッテン様は結婚式に出る事は出来ません。何度も殿下からご説明があった筈です」

「え？　それは貴女が意地悪してるからでしょ？　だから、ここに来たの。意地悪を辞めて欲しくて」

意地悪って。このまま話を続けても埒が明かない。私はそろそろ支度に戻らなければならない為、話を切り上げようとした時、ロッテン様から衝撃的な言葉を聞く事になる。

「じゃあアレクは誰と結婚式を挙げるの？」

……………どういう事？

「それは、どういう？」

「だって貴女はお飾りでしょ？　お飾りが結婚式を挙げるなんておかしいじゃない。結婚式って一生に一度よ？　それなら私とアレクが挙げるべきよ」

……本当にこの女の言葉が全然理解出来ない。もしかして外国語を喋ってるのかしら？　だから全く通じてないの？　誰か翻訳して。

「ロッテン様、ちゃんとご自身の立場をご理解してらっしゃいますか？」

「わかってるわよ？　私がアレクの本当のお嫁さんで、あなたは偽物よね？」

本当とか偽物とかってなんだろう。私も一応本物だけど。

「まず、認識が間違っております。私は正式な王太子妃になるのです。アレクセイ殿下の……ロッテン様のお言葉を借りるなら、お嫁さんは私です」

「なんで？　じゃあ私は？」

「ロッテン様は側妃候補です。まだ候補であって側妃でもございませんので、結婚式も今現在、貴女と殿下が挙げる事は出来ません。側妃になれた暁には殿下へ結婚式をお願いしてみてはいかがでしょうか？　今はそれしか私にはお答え出来ません」

「じゃあ、貴女も結婚式を辞めたら？」

……もう……お手上げ……やっぱり申し訳ないけど殿下を呼ぼう。本当に、殿下はよくこんなの相手にしてるな。

「本日の結婚式は外交も含め、たくさんの国の皆様にも出席をして頂く大切な式ですので、ロッテン様が気にくわないからと辞める事は出来ません。私の役に立てとは言いませんから、せめて邪魔だけはなさいませんよう」

「なんでよ！　アレクに愛されているのは私よ？　なんであんたなんかにそんな事言われなきゃならないのよ！　あんたなんかと結婚させられるアレクが可哀想！」

いや、お前らのせいで、結婚させられる私が一番可哀想なんだけど……

「ロッテン子爵令嬢、ここで何をしている！」

何故かセドリックがやって来た。

セドリックを見つけたロッテン様は彼に駆け寄って行く。

それをセドリックに付いてきた護衛がそっとガードした。

「ちょっと、どいてよ！　ねぇ、セドリック。あなたからも言ってやって！　この人が意地悪するの！　酷いと思わない？」

それを聞いたセドリックの眉間にはシワが寄る。

「ロッテン子爵令嬢。ひとまず後宮にお戻り下さい。今日は外国の要人もたくさんお見えなので、私達も手一杯なのです。これは殿下からのご命令です。言うことを聞いて頂けなければ、手荒な真似をしなければいけなくなりますよ」

セドリックは実力行使に出るようだ。

「こわ〜い。前は優しくしてくれたじゃない。どうしてそんな事言うの？」

セドリックの眉間のシワが益々深く刻まれていく。

「連れていけ」

大きな溜め息と共にセドリックが言うと、護衛が、ロッテン様を担いで連れて行った。ロッテン様はその上で暴れているようだが、流石に力では敵わず、少しずつ大人しくなっていった。

その姿を目で追っていると、側にセドリックがやって来ていた。

「申し訳ない。まさかこんな事になってるとは」

「本当に参ったわ。とりあえず私は準備がありますので、失礼させていただきますね」

「ああ。手をとらせて申し訳ない。では私もこれで」

そう言ってセドリックも急いで戻っていった。

私が部屋に戻ると待ち構えた侍女達がイライラとしていた。特にナラは怒り心頭だった。

「さぁ、早くお支度してしまいませんと、間に合いませんよ！」

私はこれ以上侍女達の怒りに油を注がぬように細心の注意を払いながら、ドレスに袖を通した。

すっかり支度が終わる頃には、すでに疲労していたが、これからが本番だ。

今日から私はこの国の王太子妃となり、殿下を支えていかなければならない。

今以上に困難な事も多いだろう。

正直、これから一生、心を通わせる相手もなく、身を粉にして働かなければならないかと思うと、気が重いし、寂しくもある。

フローラ様の言う『拠り所』……今の私にはマルコ様だ。

でも、マルコ様が私の専属を離れたいと言ったら？　可能性が無い事は無い。でも、今さら、後戻りは出来ないのだ。強くならなければ。私はそう決心し、王太子宮を出ようと玄関を出た。

そこには立派な馬車がある。これに乗って会場となる大聖堂へ向かうのだ。

大聖堂で殿下と合流になる予定だと思っていた私の前に、何故か殿下が現れた。

「殿下？　どうされましたか？」

「花嫁を迎えに来たんだ。エスコートさせてくれないか？」

「まぁ……。お忙しいのに、ありがとうございます」

どういった風の吹き回しか。

私は殿下のエスコートで馬車に乗り込む。馬車には何故か二人きりだ。

「さっきは、セリーナが申し訳なかった」

なるほど。謝りたかったから、わざわざ迎えに来たのね。

「その話は今は置いておいて、今日の結婚式を無事に終わらせる事に注力しましょう。国民へのお披露目でもあるのですから、堂々と、殿下らしくいらっしゃって下さい」

「ああ。そうだな。ありがとう、クロエ。これからもよろしく頼む」

「もちろんでございます。臣下として、殿下にお仕え致します故、私を上手にお使い下さいませ」

そう言って私は微笑んだ。

「臣下か……そうだな。期待している。それと、遅くなったが、綺麗だな。とてもよく似合っている」

……褒めるなら、一番最初に褒めて欲しかったわ。今更感が半端無い。

そうして着いた大聖堂では、祭壇の奥の光輝くステンドグラスが私達二人に色鮮やかな光を纏わせていた。

結婚式は粛々と進んでゆく。

司祭からの誓いの言葉を聞きながら、私は前世の結婚式を思い出していた。

永遠の愛を誓い合えたあの時、確かに私は幸せに包まれていた筈だった。二十五歳で結婚して五年。子どもには恵まれなかったが、それなりに上手くいっていると思っていた。でもそれは私だけだったのかもしれない。

私は今世でも、子どもを持つ事は叶わない。そして、今回の誓いの言葉には、何の意味もない。

少し感傷に浸っていたせいか、「誓いますか？」という司祭の言葉に、私が答える番になっていた事に少し遅れて気がついた。

「……誓います」

これは、愛の誓いではない。私が今から殿下を臣下の一人として支える、その誓いである。

そして、私は自分の足元を掬われない為に強くならなければならない。欲望蠢く王宮で、私が自分の足で立つ為に……私には味方が必要だ。


結婚式の後は、王宮のバルコニーに出て、国民へのお披露目だ。国民は新しい王太子妃が、たった二ヶ月前に交代になった事も、殿下には愛しい相手がいる事も全てわかっている。

しかし国民にとっては、そんな事はどうでも良いのだ。国民にとって大事なのは、私が民の為に働いてくれるかどうかだ。いずれ王妃になる私が自分達の暮らしを少しでも良くしてくれるのか……それだけが彼らの願いであり関心事なのだ。

私はバルコニーの下に集まった民衆に手を振る。

そのたくさんの顔の中に見知った顔を見つけた。

私が見間違える訳がない……マルコ様だ。今日は非番だった筈だが、私の姿を見に来てくれたのだろうか？　目が合ったような気がした。

しかしマルコ様の姿は、すぐに群衆の中へ紛れてわからなくなる。

私はまた、微笑みを湛えて民衆に手を振った。隣の殿下を見上げると、何故か目が合った。私を見ずに、民衆の方へ顔を向けて欲しいものである。

バルコニーからの挨拶の後は、少しの休憩を挟んで、晩餐会の準備だ。私はウェディングドレスから、晩餐会用のドレスに衣装替えをしなければならない。

「王太子妃殿下、お疲れでしょう。こちらで少し休憩を。すぐに果実水をお持ちしますので」

ナラから控え室でそう声をかけられて、思わず感じたことをそのまま口に出してしまう。

「今まで通り、クロエで良いわ」

「では、クロエ殿下と」

「うーん。正解なんだろうけどね。殿下も嫌だわ」

「……では、クロエ様と」

「ありがとう。その方がしっくりくるから」

そんなやり取りですら、『あーとうとう、王太子妃になっちゃったなぁ』と実感させられて、少し憂鬱になる。

まさか自分がほとんど接点のなかったアレクセイ殿下と結婚するとは……しかも形式上だけの。人生とは何があるかわからない。

ドレスを着替え、晩餐会の会場へ向かう。晩餐会の後はまた着替えて、舞踏会だ。

晩餐会では、他国の来賓の方々との会食。その後の舞踏会ではその上に自国の貴族からの祝福の挨拶。

顔の筋肉は微笑んだまま固まっているし、もう足はパンパンだ。今日みたいな日にマルコ様のマッサージを受けられないなんて……正直辛い。推しのマッサージと笑顔に癒されたい。

舞踏会が終わる頃には、私も殿下も疲労困憊だった。

この後は俗に言う『初夜』であるのだが、私には関係ない。

ドレスを脱ぎ、湯浴みをするが、流石、私にいつも付いてくれている侍女だ。特に張り切る事なく、淡々とこなしていく。

夜着だって、いつも私が身に纏っている物が用意されていた。まぁ、私は常日頃から夜着は若干セクシーだ。もしかしたらマルコ様から見られる事が万が一にもあるかもしれないから。

前世なら、モコモコの部屋着なんかが男受けが良いのかもしれないが、この世界には残念ながら、モコモコは存在しない。

さて、殿下がこちらへ来る事はないと思うが、まさかよくある王道の、

『今後私は貴女を愛する事も、抱く事もない！』

なんて、わざわざ白い結婚宣言をする為に来たりしないわよね？

でも、念のため、私は自室の内鍵を掛けた。夫婦の寝室から繋がる扉の方だ。

それに、私は殿下が今後この王太子宮で暮らすのかどうかも聞いていない。そもそも今日も王宮の自室にいるかもしれないのだ。

そう思えば、鍵をかけるのが些か自意識過剰にも思えて来た。うーん。

私がどうするべきか考えていると、廊下側の扉からノックする音が聞こえる。

……廊下側？　誰かしら？

「クロエ様……マルコです」

マルコ様？　今日は非番の筈じゃ……

私はガウンを羽織り扉を開けた。

「どうしたの？　今日は非番でしょう？」

「……お疲れではないかと思い、夜勤の者と交代して、マッサージをしに参りました」

「わざわざ？　マッサージの為に？」

「……はい」

「そんな……今日ぐらいゆっくりしていれば良かったのに」

私が驚いているとマルコ様はとても小さな声で何かを呟いたが、私には聞こえない。

「ん？　マルコ？　何か言った？」

「いえ。とりあえずマッサージをしましょう」

そう言って中へ入ってきた。

私としては嬉しい限りだ。でも、結婚式当日に推しと一緒……これって大丈夫？

しかし、マルコ様はいつものポジションに着き私が足を乗せるのを待っている。私は観念して、マルコ様へ身を委ねる事にした。

その後、何かあるわけでもなく、ひとしきりマッサージをした後、マルコ様は護衛の仕事に戻って行った。推しのおかげですっかり癒された。

さて、足の浮腫みもとれたし、後は寝るだけだ。さっきマルコ様は何故か護衛に戻る前に私の部屋の内鍵を調べてくれていたので、鍵が掛かっている事は間違いない。

自意識過剰でも良いじゃないか。王道回避上等だ。

ベッドに入ると、朝からの疲れがドッと押し寄せる。すぐに瞼が重くなって私は深い眠りについた。

夢の中で、何故か扉のノブをガチャガチャと回す音がした気がする。……多分気のせいだ。

マルコ様のマッサージのお陰で私は朝までぐっすり眠る事が出来た。

朝、ナラが起こしに来た時には既に身支度を軽く整えており、かえってナラをびっくりさせた。

「まぁ。今日ぐらいごゆっくりなさればよろしいのに」

初夜のない花嫁には結婚翌日に朝寝坊する理由はないのだが……早起きはあからさまだったかしら?

「朝食はいかがなさいますか?」

「え?　いつも通り食堂で頂くわよ?　どうして?」

「……殿下も今日からこちらで頂くそうです」

ナラ……そんな嫌そうな顔をしてはダメよ。私の前ではいいけど。

という事は、やはり殿下はこの王太子宮に住むつもりなのかしらね。

元々殿下のお住まいなのだから、なんの問題もないのだけど……

「ねぇ、ナラ。今日は侍女の皆にちょっと話があるの。朝食の後、皆を集めて貰えるかしら?」

「お話でございますか?　畏(かしこ)まりました」

そう話して、私は朝食の為、食堂へ向かった。

私が食堂に入ってすぐ、殿下が現れる。なんだか、お疲れのようだ。

「クロエ、おはよう」

「おはようございます。殿下。今日はお顔の色が優れませんが、いかがなさいました？」

「いや……少し疲れが残っているだけだ……クロエはよく眠れたかい？」

「はい。もうぐっすりと」

「そうか……。それは何よりだ」

え？　なんでちょっと拗ねてるの？

私と殿下はその後は特に話す事もなく朝食を終えた。

この後はそれぞれ仕事があるだろうと思い、その前に訊いてみたかった事を訊ねる事にした。

「ところで殿下は……今日からはこちらでお住まいに？」

「ああ。もちろんそのつもりだ」

殿下は当然のように言うが。……まぁ、私にとってはどちらでも良い。

鋼の精神で欲望を押さえられるのなら、後宮に住んでもらっても構わない。耐えられるのならば……の話だ。


殿下はなんとなく覇気のない顔で王宮へ向かっていった。やはり昨日の疲れが残っているのかもしれない。私はまだ休んでいていいらしいので、甘える事にした。

殿下は優秀なので、王太子の仕事はバリバリとやっているらしい。

よくある物語のように、私に仕事を押し付けて愛しい女性とイチャコラするような阿保でなくて本当に良かった。私は私の仕事をすれば良い。

朝食の後、集まって貰った私の専属侍女達。王太子宮には、その他にメイドや、厨房の使用人等々、たくさんの人達が働いている。人件費だけでも大変なものだろう。

侍女達を前に私は皆の顔を見ながら、まずは感謝を口にした。

「私が此処へ来て早二ヶ月。皆さんにはまだ、婚約者というだけの、ただの侯爵令嬢でしかない私に最大の敬意を持って支えて頂いた事を感謝いたします」

そしてそのまま本題に入る。

「私は昨日をもちまして、正式に王太子妃となりました。そこで、今回は皆様に選んで欲しい事がございます」

私の言葉を聞きその場は一瞬ざわつくも、すぐに静かに私の言葉に耳を傾ける。流石、選ばれし侍女達だ。

「私は自分の側支えの侍女のお給金を私の私費から捻出したいと思っています。即ち、主を王家から、私個人へと変えたいのです」

そこまで言うと、流石の選ばれし侍女達も怪訝そうな顔をし始めた。

「もちろん、これは希望者のみです。私は側支えとして三人程を考えていますが、希望者が全くいなくてもそれは仕方ないと思っています。王家から雇われている事が、貴女達皆の社会的地位を表している事も理解しているつもりです」

王宮の侍女として働いていた事は貴族令嬢がこの先結婚をする時などに箔になる事は間違いない。

「それに、此処でなく王宮に戻りたい方も私に言って下されば、悪いようにはいたしません。此処を出る際には私からは今までの謝礼も考えております。もちろんこのまま此処で働く事も可能ですが、私の側支えとしてではなく、広くこの王太子宮での侍女として勤めて貰えればと思っています」

皆、お互いの顔を見合わせる。どうするか……すぐには決められないだろう。

「この事は侍女長であるシイラからきちんと許可を得ていますので、安心して下さい。もちろんすぐに決めろとは言いませんし、皆の前では言いにくい事もあるでしょう。私の側支えを希望する者は私の執務室へ来て下さい。王宮へ戻りたい人はシイラへ報告してくれれば良いから。期限は……そうですね、本日から一週間で。この一週間の間に決めて貰えればと思います」

私はそう言って皆の前から去った。

私にはこの王太子宮でも執務が出来るよう、書斎のような部屋を割り当てられていた。

今までは婚約者として、ほんのさわりしかしてこなかった仕事も、これからはガッツリこなしていかなければならない。仕事が本格的に始まるまでの間、私はその書斎のような執務室で、自分がこれから投資をするべきものの選定を行っていた。

側仕えに関する話をした後、私が執務室へ着くとすぐにノックの音が部屋に響いた。入って来たのは、ナラとサマンサだった。

「クロエ様。私とサマンサはクロエ様にお仕えしたいと思っております」

そう二人は少し固い表情で私に告げた。

「まぁ。ありがとう！　二人とも嬉しいわ」

そう私が言うと、二人はホッとした表情で微笑んだ。

「でも、二人は良いの？　王宮勤めという肩書きではなくなるのよ？」

「もちろんです」

そう言ったのは、ナラだ。

「私は今から嫁に行くわけではないですし、王宮勤めの肩書きも不要です。それに私はクロエ様にお仕えしたいのです」

「嬉しい……。これからもよろしくね。それで……サマンサもそれで良いの？」

「はい！　私もクロエ様にお仕えさせて頂きたいです。他の王族の方々は、ちょっと息苦しくて……」

サマンサは伯爵令嬢ではあるが、実家が没落寸前となり婚約の話もなくなったのだと言っていた。

私は二人の申し出を有り難く受け入れる事にした。

「お給金だけれど、今と同じ分だけ出すつもりよ。それと夏と冬に特別手当を出すつもりなの」

もちろんこれは前世の知識でいう所の『ボーナス』だ。誰だってボーナスは嬉しい筈(はず)だ。

働きに見合った報酬は、仕事のやる気に繋がる。二人も嬉しそうに微笑んでくれた。

これで、私は自分の手足になって働く人を手に入れる事が出来た。

これ以上の希望者がいなければ、私は個人的に人を探そう。そう考えていたが、結論から言うと、私は自分で侍女を探す必要はなかった。あの日非番であったマリアから、私の側支えになりたいとの申し出があったからだ。マリアにも気持ちを確認し、先に希望していた二人と同じ条件を話した。

やっぱりマリアもボーナスを喜んでくれていた。これはしっかりと投資で儲けを出して、ボーナスを弾んであげなければならない。

フローラ様は投資先にアーティストを選んでいたようだったが、フローラ様には芸術への審美眼があるのだろう。私にはそんなものは皆無だ。なので、私は前世の記憶を頼りに、今後この国に必要となるであろう産業や、農作物の品種改良を研究している施設などを投資先に選んだ。

王太子妃としてではなく、クロエ個人として。そこは身分を隠す事を余儀なくされたが、なんとか上手くいった。


そんなある日、マルコ様が血相を変えて私の元へやって来た。

「クロエ様！　私をクロエ様の専属の騎士にして頂けませんか⁉」

「ど、どうしたの急に？」

「侍女の三人が、クロエ様個人の専属侍女になった事を聞きました。私もクロエ様を主としてお仕えしたいのです！」

「ま、待って。そうなると、マルコはせっかくの近衛騎士を辞めなくてはいけなくなるのよ？　貴方は努力して今の地位を手にいれたのではないの？」

実はマルコ様は近衛騎士団の第二隊の副官を勤めている。

そんな人が近衛を辞めれば皆が困るだろう。

「そんなものはどうでも良いのです。私はクロエ様を唯一の主としてお仕えしたい。それに、もう近衛は辞めて来ました。クロエ様に頷いて頂かないと、私はもう此処に来る事も叶いません。本来なら、もう此処に来てはいけない者なのです。イーサンに無理を言って、お部屋に通していただきました。ですので、お願いです。クロエ様、私の願いを聞き入れて下さい」

え!? ちょっと待って? 私はマルコ様と一緒に居る為にお飾りの王太子妃になる事を引き受けたのに、マルコ様に辞められたら本末転倒じゃない!?

マルコ様が自分の意思で私の専属を辞めたいと思っているなら、私だって身を切られる程辛くても、受け入れるつもりだったけど……今のこの状況は、全く予想してなかったんですけど!?

マルコ様の顔は必死というのに相応しく、もちろん冗談を言っているのではない事は理解できた。

「……マルコ。貴方がそれで良いなら私は喜んで貴方の気持ちを受け入れるわ。……本当に後悔はしない?」

「もちろんです。ここで断られた方が私は何倍も何十倍も後悔します。……クロエ様、私と騎士の誓いを……」

……ん? 騎士の誓い? って何だっけ? 確か、主君から叙任を授ける儀式よね?

「誓いの言葉がわからないわ……教えて貰える?」

「では、私が言葉を言いますので、クロエ様は最後に与えると。私はクロエ様の御前に跪きますので、この私の剣を肩に」

そう言って私に剣を渡したマルコ様は私の前に跪いた。

「我、我欲を捨て、この身を剣となり楯となり、生涯を唯一の主としたクロエ・ラインハルトに捧ぐ事を誓う。主よ、その栄誉を私にお与え下さい」

そう誓いの言葉を述べたマルコ様の肩に私は剣を置き、一言だけ告げた。

「与えます」

それを聞いたマルコ様は私から剣を受け取り、そして、その私の手をとり……手のひらへキスを落とした。

……アレ？　こういう時は手の甲へキスするんじゃなかったっけ？

手のひらのキスって……あれ？　求愛？

私がその行為にプチパニックになっていると、マルコ様はこれ以上ないくらい眩しい笑顔で私を見て、こう言った。

「これで、私は貴女のものです」


マルコ様は私の専属騎士になった翌日から、四六時中私の側にいる事になった。

これって何のご褒美かしら？

私の私室の横に侍女の待機部屋があるのだが、そこを改装してマルコ様の部屋にする予定だ。

本当に何のご褒美だろう。幸せ過ぎて今死んでも後悔はない。

さて、今日は王宮で殿下とランチだ。

私は結局結婚式から一週間は王宮での仕事を免除された。しかし明日からは、仕事がある限り王宮に出向かなければならない。

今日は殿下からのリクエストで、カツサンドを作った。もちろんこの世界にトンカツはない。しかし、トンカツを作るのに必要な食材は揃っていた為、一度殿下にカツサンドを作ってみたら、見事にハマったらしい。

カツサンドを頬張りながら、殿下は、何気ない調子で尋ねてくる。

「何故個人の侍女が欲しかったんだい？」

侍女の件でシイラに相談した時、殿下からの許可は出ていると聞いていたから、特に私からは殿下に何の説明もしていなかった。疑問ももっともか。

「私、侍女は最低限の人数で良いと考えておりました。生活するにはメイドがいれば十分ですし。それに、私の側にいる者については固定した者が良かったので。そんな我が儘を通すなら、私費で雇った者が良いと考えたのです。殿下には報告が遅れました事、大変申し訳ありませんでした」

「いや、君を責めている訳じゃない。単純に疑問に思っただけだ。それと……マルコ・リッチの事だが…」

やっぱりそっちも訊きますよねぇ。

「はい」

「マルコが近衛を辞めて、君の専属騎士になったと聞いたが……」

「はい。それも事実にございます。有難い事にマルコの方より申し出がありまして。勝手をてしまい、申し訳ありません」

私は素直に謝罪した。

「いや、これはマルコが勝手にやった事だと聞いている。しかし、近衛騎士団の団長が嘆いていたのでね。彼は剣の腕が確からしいから。次の第二隊の隊長候補だったと」

「まぁ。そうでしたのね。副官を勤めていたのは知っておりましたが……それは団長にも申し訳ない事をいたしました」

「いやいや。マルコの意思だ。しかたあるまい。しかし……マルコも思いきったものだな」

「私にとっても、マルコが側で護衛をしてくれている事で、殊更に安心しております。騎士の誓いをした甲斐がありました」

私がそう言うと、殿下とその後ろに控えるジーク・ロイド様が二人してすっとんきょうな声を出した。

「「騎士の誓い？」」

見事にハモっておりますわね。

「はい……あの、何か不味かったのでしょうか？」

「いや、不味いというわけではないが……マルコは、生涯をクロエに捧げるつもりなのか。まぁ、リッチ家には嫡男がいるから、結婚せずとも問題はないだろうが……」

「え？　結婚？」

「ああ、騎士の誓いは主に生涯を捧げる事だ。こうなると、結婚をする騎士はいない」

……へ？　それは初耳でしたけど？

今すぐ廊下で控えているマルコ様を問い質したい気分で一杯だ。

さすがにその場では無理だったので、ランチを終えた後、殿下の執務室を出てライラ様のお茶会に向かう途中で、マルコ様へ騎士の誓いについて詳しく訊く事にした。

「マルコ、今日ね、殿下から『騎士の誓い』について聞いたのだけど…本当に良かったの？　あの……ほら……結婚とか……」

「ああ。私は元々結婚するつもりはありませんでしたので、特に問題ありません。クロエ様が気に病む必要も全くないので、ご安心を」

……ドルオタをしてた私としては、嬉しい限りよ？

だって、オタクなんてワガママだもの。自分は彼氏出来たり、結婚したり、子ども出来たりしても、推しには出来れば結婚して欲しくないのが本音だもの。口には出さないけど、心ではそう思ってる人の方が多かった筈。でも、マルコ様にそれを押し付けるのは、何だか申し訳ない。しかも私はお飾りとはいえ結婚してるし。

ワガママなオタクの典型じゃない？

「でも、ご両親はそれでも大丈夫なのかしら？」

「私は三男ですし、両親からもうるさく言われた事はありません。縁付く為の婚姻も期待されておりませんでしたので」

「そう……知らなかったとは言え申し訳なかったわ」

「私が希望して、クロエ様がその願いを叶えて下さったのです。感謝しかありませんよ」

……清々しい笑顔でそう言われたら、それ以上謝るのも、逆に悪いかも……。そう思った私はこの話題を終わらせる事にした。

「わかったわ。もう心配はしない。これからもよろしく……それで良いわよね？」

「もちろんです」

マルコ様のエクボが眩しいわ。もう考えるのはよしましょう。


ライラ様とのお茶会は、結婚後初めてだ。ライラ様は暗い表情である。その理由はすぐに分かった。

「……本当に頭の痛い事に、ロッテン嬢の教育の成果がほとんど上がっていないのよ。あと三週間程した時にね、私が一度試験をする事になっているのだけれど。家庭教師から聞く話だと、その試験すら受ける価値もないと」

「それほど、酷いのでしょうか？」

「そうね。根本的に淑女としてのマナーの必要性すらわかっていない感じかしら？」

「それでは、三年で側妃というのも難しい状態なのですね」

「そうね。難しいわ。アレクセイも早々に見限ってくれないかしら」

「殿下はロッテン様を愛しておいでです。諦めるなど……。それに、三年後ロッテン様の側妃候補のお話が白紙に戻ったとしても、また別の側妃を娶って頂くだけです。私の立場に変わりはございません」

「『愛』ねぇ。本当に形の無いものとは厄介なものね……」

ライラ様は物憂げに呟いた。

私は私で、ライラ様の話を聞いて考える。だってたとえ三年後、ロッテン様が奇跡的に淑女教育を終え、ライラ様から合格を頂いたとしても、最終試験……いや最終検査とでも言ったら良いかしら？　私も婚約前に受けた検査。

あれにロッテン様が合格する事はない。だって処女じゃないから。

私は検査の結果、側妃候補から外される事を聞いたところで『ですよね』としか思わないし、それについてロッテン様にも同情はしない。まぁ、多分殿下にも同情はしない。

しかし、ライラ様や、今ロッテン様の教育を任されている家庭教師の事を考えると、この事実を知っていて黙っておく事に良心の呵責を覚える。


自室に帰っても私が難しい顔をしていたせいか、マッサージをしていたマルコ様から、

「何かお悩み事ですか？」

と声をかけられた。

「いえ……。ごめんなさい、少し考え事を」

「とても、難しい顔をしておられましたので」

最近では、マルコ様のマッサージは範囲を広げている。

今は手をマッサージされている最中だったが、その手を止めたマルコ様の手が私の眉間にそっと触れた。

「……こちらにシワが寄っております」

私は一気に顔に熱が集まるのがわかった。多分、顔は真っ赤だ。咄嗟に額を自分の右手で隠した。

不意打ちなんて、ズルい！

「嘘？　そんな酷い顔してたかしら？　恥ずかしいわ」

恥ずかしいのは、シワが寄っていたからではない。マルコ様から触れられたからだ。

最近やっと、マッサージとして、掌や脚を触られても恥ずかしくなったけど、顔に触れるのは反則だ。

「クロエ様のお美しさは、どんな事があってもお変わりになりませんよ」

マルコ様が微笑む。

え？　これって私の欲望が見せる幻？

私は今のマルコ様の言葉と表情を脳内メモリーに焼き付けた。

「な、そんな事……言ったって、何も出ないわよ？」

「事実を言ったまでです」

マルコ様はあくまでも涼しげな表情だ。こちとら真っ赤なのに！

最近、マルコ様に翻弄されている気がする……。不味い。

はっきり言って、ファンサを貰いすぎている。これでは、自分が調子に乗ったオタクになってしまう事は間違いない。少し気持ちを引き締めねば、顔が緩みっぱなしになる。こんなだらしない顔を見せるなんて、出来ない。

私が気持ちを新たにしていると、ナラから、殿下が今日の夕食をこちらで取るとの話を聞いた。

「そう。わかりました。私もご一緒した方が良いわよね」

はっきり言って、ちょっと面倒くさい。

「断りますか？　体調が悪いと言えば問題ありませんよ？」

ナラ……私の気持ちを汲んでくれてありがとう。

「いえ。大丈夫よ。体調が悪いなんて言ったら、かえって心配をおかけしてしまうかもしれないもの。ありがとう。仮病は……どうしても嫌な時に使うわね」

私が笑うと、ナラも微笑んでくれた。

食堂へ行くと、既に殿下は席に着いていた。謝罪しながら席に着く。給仕が支度を始めた段階で、殿下が訊ねてきた。

「今日は、母上とお茶会だったんだろ？　何の話を？」

……ん？　今まで、お茶会の事なんて訊かれた事あったっけ？　何を知りたがってるの？

「いつものように、他愛もないお話ですわ。私も明日からは公務で王宮に参りますので、そのご報告にと」

「あ、あぁ……そうか……まぁ、うん」

何なのよ！　歯切れが悪いわねぇ。

訊きたい事があるならはっきり訊けば良いのに。仕方ない。

「あと、ロッテン様についてのお話も少し……」

「あ、そうか！　それで母上は何と？」

……やっぱりコッチか。自分でライラ様に訊けば良いのに。

「ライラ妃陛下自ら、試験をなさるとお聞きしましたわ」

「あぁ。そうらしい。後三週間もないぐらいか。どんな試験をするか……聞いてないかい？」

……試験問題の横流し⁉

「申し訳ありません。そこまでは……」

「いや、まぁ、そうだよな。ハハハ」

乾いた笑いが聞こえましたよ？

「……殿下の目から見て、ロッテン様の教育の進み具合はどのように見えまして？」

「うん……。努力はしてるようなんだが、教師との馬が合わないと言うのかな。相性が悪いみたいでね」

庇うだけが愛情じゃないのよ……殿下。

「そうですか。でもロッテン様は殿下を愛していらっしゃるんですもの。例え馬が合わないような事があっても、死に物狂いで努力されるに決まってますわ。ねぇ、そうは思われませんか？　殿下？」

「……そう……だよな」

「ええ。殿下と共にある為には、努力が必要ですわ。ロッテン様は自ら殿下のお側にとお望みになったのですから、もちろん、その事は十分ご存知ですよね？」

「あぁ……多分。クロエだってその為に尽力してくれているのだし」

「私はこ・く・み・んの為に努力する事は当然だと思っております。殿下だって帝王学を学ばれるのに、努力をなさったのでしょう？　王太子教育も、かなり短期間で学ばれたとお聞きしております。王族には、その責務がございます。それは側妃とて同じ事。私に公務を行えない事案があった時には、その代わりは側妃に委ねられる事もあるのです。ライラ妃陛下を見れば、お分かりかと思いますが」

「……その通りだ」

「ロッテン様に殿下のお気持ちが伝われば、きっと努力を苦労だと思う事はないでしょう」

「……クロエは、誰かの為の努力を苦労とは思わないのかい？」

「その方のお役に立つのなら、その努力は喜びとなるでしょう」

「そうか……素晴らしい考えだな。見習いたいよ」

……言っとくけど、その誰かは殿下じゃないからね？

殿下との夕食は気を抜くと悪い雰囲気になりがちだ。大体はロッテン様絡みで。

殿下が愛する人の事を悪く思えないのは仕方がないとは思うのだが、ついつい口煩くなってしまう。

「クロエ？　どうしたんだい？　今日は食があまり進まない？」

私がちょっと物思いに沈んでいたからか、殿下にまで心配されちゃったわ。

「いえ。少し考え事をしていただけです……今日の食事も大変美味しく頂いております。料理長を始めとした料理人達には、感謝しませんとね」

「そうだな。しかし、私はクロエの作るサンドイッチも大好きだよ。特にあのカツサンド。とても美味い」

「ありがとうございます。専門の料理人には足元にも及びませんが、殿下に喜んで頂けるのであれば、いつでも仰って下さい。また作りますので。その時にはランチをご一緒いたしましょう」

「そうだ！　明日からはクロエも王宮に出向くのだろう？　なら、明日からは可能な限り一緒に昼食をとらないか？」

……え……毎日？　面倒くさい……なんて言えないわよね……。

「お誘いありがとうございます。では、殿下のお時間の許す限り。王宮の料理人の昼食も楽しみにしておりますわ」

「うん。そうしよう！」

なんか嬉しそうね。一人でご飯食べるの嫌いなのかしら？　寂しんぼうね。


さて、夕食も済んで湯浴みも終わり私は自室で読書をしていた。

そこに、マルコ様がやって来る。

「クロエ様、少し宜しいでしょうか？　この前、クロエ様が投資をされた事業所からのお手紙です」

「ありがとう」

その手紙は私の投資先からだった。

「この前の私からの資金と話を元に新たな研究を始めるって書いてあるわ」

「確か、ゴムのタイヤでしたっけ？　クロエ様が仰っていた」

そう。この国には、ゴムはある。

しかし耐久性に乏しく、馬車の車輪に使っていてもすぐにダメになるし、車輪にゴムを巻いているだけなので、あまり衝撃を吸収しきれない。

確か、カーボン粉を混ぜる事で耐久性が上がるのではなかったかな？　っていう、うろ覚えの知識をさらっと喋ったら、研究者達が食いついたのだ。

さらに、馬車のタイヤとして使えるよう、空気を入れたタイヤの作成も依頼してみた。あとは研究者達に丸投げした形だ。

「上手くいくと良いわね」

「クロエ様は博識でいらっしゃいますね。それに、皆が思い付かない事を考えていらっしゃる。あのカツサンドなんか特に」

……前世の記憶のおかげだけどね。

しかもアイデアだけで、詳しい事はわからないから、ほとんど役に立たないけど。

「あ、そうだ。マルコに今度、食べて欲しい物があるの」

「食べて欲しい物ですか？」

「そう。今度作ってみるから、試食してくれる？」

「クロエ様が自ら作って下さるのですか？　私に？」

「自分も食べたい料理なの。だから作ったら一緒に食べましょう？」

「私がマルコ様の目を見て言うと、何故かマルコ様は顔を赤くした。

そんな顔も、私を萌えさせるには十分だった。眼福、眼福。

翌日。私は王宮の自分に割り当てられた執務室へ向かった。

そこでは、私の補佐を担ってくれる事務官が待機してくれていたのだが……

「……ジュネ公爵令息様……いえ、宰相補佐官殿、何故貴方がこの部屋に？」

「おや？　殿下からお聞きではありませんか？　私は宰相となるまでの僅かな期間ではございますが、その間王太子妃殿下の補佐をするよう拝命いたしました」

セドリックが胡散臭い微笑みを私に返す。

「それは……。私は助かりますが、補佐官殿にとっては、その……」

元婚約者の下で働くなんて、やりにくくない？　って訊いても良いのだろうか。私が言い淀んでいると、セドリックは耳元に口を寄せ、小声で私に囁いた。

「離れないって言っただろ？」

確かに言った。言ったけど、元婚約者と働くなんて予想してなかった。

後ろのマルコ様からは殺気にも似た気配を感じる。気のせいかしら？

「これは拒否出来ないのよね？」

「当たり前だろ？」

解せぬ。でも仕事はしなくてはならない。

王太子妃の仕事は多岐に渡る。

その中のひとつにお茶会などの催しも含まれるのだが、私はこれに、新たな……というより大本命の側妃候補を招待しようと考えていた。謂わば面接だ。とりあえず、私は婚約者の決まっていない令嬢をピックアップする。

まぁ、いない人ばかりだと、あからさまかもしれないので、そこは上手い具合に混ぜてしまおう。

私が貴族名鑑を片手にウンウン唸っていると、セドリックがやって来て、また耳元で囁いた。

「側妃候補か？　早速だな」

「そうよ。備えあれば憂いなしってね」

笑いながら言わないでよ。私は必死なんだから。

「なんだそれ？」

セドリックが不思議そうな顔をする。

あれ？　これって、やっぱり前世でしか通じないのかしら？

「万一に備えて、あらかじめ準備をしておけば、事が起こっても少しも心配事がないって事よ」

「なるほどな」

そんな風に二人で話していたら、私の椅子の後ろの壁際で控えていたマルコ様がやって来た。

「補佐官殿。妃殿下に対し、言葉遣いがいささか不適切ではないかと思うのですが」

確かに、今この部屋には私達三人しかいないとはいえ、ちょっと馴れ馴れしかったかしらね。反省。

私はそう思ったけれど、セドリックは違ったみたい。

「リッチ殿、申し訳ない。確かにそうだったかもしれないな。しかし、私と妃殿下は親しい間柄だった為、時にこうして昔のような口調に戻ってしまうかもしれない。私達は五年間もずっと一緒にいたんだ。これからは気を付けるが、どうかたまには見逃して欲しい。君には分からないだろうが、私達にはそれなりの絆があるんだよ」

……絆？　何それ？　それって美味しいの？

私を生け贄にして、自分は権力を手に入れたくせに。

マルコ様が、憮然としてるじゃない！

「マルコ、注意してくれてありがとう。私もつい気が緩んでしまったわ。ちゃんとこれからはケジメをつけます。宜しいですわね？　補佐官殿」

セドリックに釘を刺す。マルコ様の方が正論なんだもの。

そうすると、何故かセドリックは面白くなさそうな顔をした。

「畏（かしこ）まりました。妃殿下」

そうして自分にあてがわれた机に戻って行った。はぁ……先が思いやられる。

それから数日経ったある日、私は昼食にと唐揚げを作っていた。

今日私の仕事は休み。庭で昼食にしようと考えていた。ちょっとしたピクニックだ。

私は前世の遠足を思い出し、遠足と言えば唐揚げでしょ！ って事で、今せっせと唐揚げを揚げている。この前から食べたかったし。

この世界に揚げ物はなかった。なので、私がカツサンド用のトンカツを揚げ始めた時には、料理長は青ざめていたが、今では慣れたものだ。唐揚げを珍しそうに見ながらも、私を手伝ってくれている。

「本当にクロエ様は面白い料理を考え付きますね」

感心してくれるのは嬉しいが、カレーみたいにスパイスから作らなきゃこの世界では食べられないような物は作れない。だって前世の私は特別料理が得意って訳じゃなかったもの。そんなに褒められると、心が痛む。

「でも、手の込んだ物は作れないわ。簡単な物だけね。それに繊細な味付けの料理も無理よ？」

私は謙遜ではなく、事実を述べる。前世の記憶があるだけで、料理上手ではない。料理が出来る……程度だ。まぁ、この世界で貴族の子女が料理をする事自体、滅多にない事だけど。

私は庭に敷物を敷き、マルコ様を呼んだ。

「マルコ！ 一緒に食べましょう？ この前約束したでしょう？」

「え？ 良いのですか？」

驚くマルコ様も可愛い。

有無を言わせず敷物に座わらせると、二人で唐揚げを頬張る。

「これは美味い！　こんな美味しい物、初めて食べましたよ！　これは……鶏肉ですか？」

「そうよ。『唐揚げ』って言うの。味が少し濃いから、喉が乾いちゃうかもしれないわね」

「いや、私には丁度良い味付けです。これは本当に美味い」

マルコ様が私の手料理を喜んで食べてくれている……神様、私、これからも頑張れそうです！

しかし、二人きりで仲良く食事する時間は長く続かなかった。

「クロエ！　今日はここで昼食かい？」

……なんで、殿下が現れるのかしら？　彼は今日は王宮でお仕事の筈よね？

殿下が姿を見せると、マルコ様はすぐさま敷物から立ち上がり、私の後ろに控えた。

あぁ、私の癒しの時間が……

「はい。今日、私はお休みでしたので。せっかくお庭の花も美しく咲いておりましたから、花を愛でながら、昼食でもと思いまして」

「そうか。いや、実はクロエに話……いや、頼みがあってね。今日の昼食の時にでも話そうと思っていたんだが、休みだと聞いてここに戻ってきたんだ。まさか、庭で昼食を食べているとは思わなかった。で、これは…なんと言う食べ物かな？」

殿下は唐揚げに興味があるようだ。それより、頼みとは？　嫌な予感がする。

「これは『唐揚げ』という料理ですわ。ところで、殿下、私に頼みとは？」

「そうか、これは唐揚げというのか。美味そうだな」

……食べたいのかしら？

「では、殿下、ご一緒いたしませんか？　たくさん作ったのでどうぞ」

「やっぱり、これもクロエが作ったのか！　じゃあ、頂くとしよう」

殿下は嬉しそうに、唐揚げを頬張る。

「これは！　凄く美味しいよ。料理は料理人が作る物だと思っていたが、これはこれで良いものだ。平民はこうやって、妻の料理を食べるものなのだろう？」

なんだろう、『妻』って言われると違和感が……。確かに妻なんだけどさぁ。

私としては『妻』って言うより、『王太子妃』っていう一つの職業って感じなんだよなぁ。

「左様でございますわね。でも、貴族ではそういう家庭はありませんから、殿下が想像していなくて当たり前ですわ。私がその……少し、変わっているので」

「でも、こんな美味しい物を作れるんだ。クロエは素晴らしいよ。素晴らしい妻を持って、私は幸せだな」

……褒め殺し？　もしかして、今から頼まれる事って、めちゃくちゃ面倒な事なんじゃない？

その為に褒めてるとしか思えないんですけど？

「ところで殿下。私に頼み事とは？」

「あ、あぁ。セリーナの事なんだが……」

ほら来た！　面倒事じゃん！　やっぱり！　全然聞きたくないけど、聞かなきゃこの食事会は終わらない。

「もう少ししたら、母上から、セリーナが試験を受けるだろう？　それで、その前に、少しクロエに見てもらえないかと思って……」

「それは、どういう事でしょうか？」

「いきなり母上の試験だと、セリーナも緊張するだろ？　だから、クロエに少し見て貰って、もしダメな所があれば、直して貰えないかと」

私に直して貰うって……ロッテン様が私の言う事を聞いた試しがないじゃない。

「私はライラ妃陛下がどのような試験をされるのか、わかりませんのよ？　どのような所を直せと？」

「いや、それはわかってるんだ。だから、その基礎っていうか、最低限の淑女のマナーっていうか……」

今から最低限のマナーを直されてたら、ライラ様の試験に合格はしないんじゃない？

「ロッテン様も、私なんかより教師から教わる方が素直に聞けるのではないでしょうか？」

どこの世界に本妻からマナーを習う愛人がいるのよ。

それに、私達を会わせないように努力するんじゃなかったの？

「セリーナが言うには、教師が厳しすぎると。何度もやり直しをさせて、休憩も与えられないらしい。セリーナはいつも泣いてばかりで……。その内倒れてしまうのではないかと心配しているんだ」

淑女教育が厳しいのは当たり前。他の貴族令嬢はそれを小さな頃から行っているのですよ？　やり直しさせられるのは、出来てないからだし、三年の期限があるから、休んでる暇なんてないのでは？　休憩していないのは、その場に居る教師も侍女も同じこと。

そもそも、私の所に突撃してくるロッテン様しか見ておりませんけど、倒れそうな程、繊細には見えませんでしたが、殿下には私とは違うロッテン様が見えていらっしゃるの？

しかし、私は本心を飲み込む。

「殿下。この前もお話ししましたように、側妃になるには、努力が必要ですわ。しかしながら、殿下の心配するお気持ちを私も無視する訳にはまいりませんので、ロッテン様を王宮のサロンでのお茶会にご招待しようと思います。私と二人より、もう少し客観的な目が必要でしょうから、私の友人に声を掛けておきますわ」

「そうか！　それは助かる！」

「しかし、一つだけ、よろしいでしょうか？」

「なんだい？　何か欲しいものでもある？」

そんな物はない。私はマルコ様がいれば良い。

「いえ。欲しいものはございません。ただし、私は甘くありませんのよ？　そのおつもりで」

「……あ……あぁ。それはそうだな。セリーナにもよく言って聞かせておくよ」

……私が優しく指導するとでも思ったのかしら？　それにしても、どうして私の時間を割かなきゃならないのよ〜！

とはいえ、引き受けた以上はやらなければならない。私はすぐにお茶会を催す準備を始めた。

招待したのは、私の友人であるマイラ様。私がディビット殿下の婚約者候補だった時に、一緒にドレスを汚したあの令嬢だ。彼女はすでに辺境伯に嫁いでいるのだが、ちょうどあの昼食の前に、『久しぶりに王都に出てきたから、出来れば会いたい』という内容の手紙が届いていた。彼女も元々は公爵令嬢で、しかも私と同じように婚約者候補だったのだから、淑女としてのマナーは完璧だ。

私は招待状に今回のお茶会の目的も書いた。

彼女からの返事は『面白そう』だった。

それにしても何故、私がロッテン様にマナーを教えなければならないのだろう。

殿下の頼みを引き受けて以降、数日経っても私の表情が晴れないからか、セドリックも、マルコ様も心配して、度々私に休憩と称した息抜きを提案してきてくれる。今日は、ライラ様にもお茶に誘われている為、そんなに休憩してお茶を飲んでたら、胃の中がチャプチャプしそうだ。エリザベート様ならこんなに気遣われることもなかったのかもしれないが、今の王子妃は私なので、比べたところでどうしようもない。

エリザベート様といえば、つい先日、エリザベート様の今を聞いた。

なんでも、隣国の公爵家に嫁ぐことになったようだ。後妻らしく、殿下は流石に落ち込んでいた。

この国で最も権力を誇った公爵家のご息女が、隣国の公爵家とはいえ後妻。誰のせいって、間違いなく殿下のせいだ。

そんなことを考えながら、ライラ様のサロンへ向かうべく廊下を歩いていると、後ろから、バタバタと足音が聞こえる。

こんな毛足の長い絨毯敷きの廊下を、足音させながら走るって、どんな芸当？

そう思って振り向こうとしたら、私の視界をマルコ様の背中が遮った。

侍女のマリアも私の前に壁のように立つ。

なので、私からは足音の主が誰なのかは見えないのだが……

「ちょっと！　どいてよ！　私はクロエさんに話があるの！」

この声には聞き覚えがあるわ。顔は見えなくても、誰かわかりました。ロッテン様ですね。

「ロッテン子爵令嬢。妃殿下の前でそのような物言いは不敬になります。お下がり下さい」

マルコ様からも、マリアからも不快感というオーラが見えそう。

私はもうこの国の正式な王太子妃。子爵令嬢が勝手に話しかけて良い相手ではない。

ロッテン様が殿下の寵愛を受けてなければ、この場で切り捨てられててもおかしくはない。でも、なんでこの人、王宮に来てるんだろう？

「話があるだけなんだから、別に良いじゃない！」

「ロッテン子爵令嬢。お黙りなさい。ここを何処だと思っているのです」

私は出来る限り冷静に声を掛けた。もちろん顔は見せるつもりもない。

威厳に満ちた感じで話したいんだけど、なかなか難しい。

「なんなのよ。偉そうに」

偉そうに思って貰えたらしい。威厳に満ちた感じ、出せたかしら？　それと、私は、実際に偉いのよ？　貴女よりも遥かに。

「ところで、このような所で、何用ですか？　私になんのお話が？」

「今度のお茶会用のドレスがいつまでたっても届かないの。なんでよ！　あなたが隠したの？」

「何故と仰られましても……私は、貴女のドレスなど興味も御座いませんし、隠しもいたしません」

「っていうか、ここに来たら贅沢出来るって聞いたのに、ドレスも宝石も全然買ってもらえないし、話が違う！」

誰からそんな事を聞いたの？　そいつを連れてきて？

「離宮では何不自由なくお暮らしになっていらっしゃるのではありませんか？　特に働く事もなく、衣食住が保証されているのですから、十分に贅沢だと私は思いますわ」

「あんただって、働かないで、綺麗なドレス着てるだけじゃない！」

……あ、マルコ様から殺気が……え？　剣に手が掛かっちゃってるわよ？　ダメよ、ムカついても切っちゃダメ。

「私は仕事をしております。それに、ドレスにしても、私には王太子妃としての予算がございますが、貴女には、予算なんてございませんのよ？　貴女が側妃になれば、予算はつきます。でも、今の貴女の立場は、ただの、側妃候補。つまりただの子爵令嬢であるだけです。貴女を後宮に住まわせ、世話をする侍女とメイドを置き、教育の為の教師を雇い、数名の護衛を置く。それだけでも、かなりお金が掛かっているのです。もちろん貴女が快適に暮らせるよう、食事も、掃除もきちんとお世話されているでしょう？　そのお金は全て、殿下の私費から支払われているのですよ？」

「アレクは王子様だから、お金持ちでしょ？　だったら問題ないじゃない！」

「お金は無限に沸いてくるものではありません。王族のお金でもです。それは、国民からの税であり、労働の対価なのです。私達はその代わり、自分達の命を賭してでも、国民を守る義務があります。一方的に搾取する間柄ではないのですよ？　どうしてもドレスが欲しいのなら、ご実家のロッテン子爵にお頼み下さい。既製品であればお茶会に間に合うかもしれませんわね」

「色々難しい事言って、誤魔化さないでよ！　じゃあ、私を今すぐに側妃ってやつにしてよ！　そしたら、ドレスが買えるんでしょ⁉」

……ダメだ。この人に何を言っても無駄だ。

「側妃については、私が決める事ではございません。私、この後も予定がございますので、失礼させて頂きますね」

私は一度もロッテン様の顔を見ずに、彼女に背を向けて歩き出す。

「私がアレクに愛されてるからって、嫉妬して！　悔しかったら、私みたいに可愛くなってみなさいよ！」

全く見当違いの暴言を叫ぶロッテン様。……本当にこの女の何処に惹かれてるんだろう、殿下は。

私はその声を無視して、そのまま、ライラ様の元へと向かう。

マルコ様がそっと私の横に来ると、苦々しい顔で私に呟いた。

「あれは……猿ですか？　キーキーと。反射的に切り捨ててしまいそうでしたよ」

「猿の方が、可愛くて、賢いわ。あれを飼うなんて、殿下も物好きね」

あーマルコ様が居てくれて良かった〜。

ギスギスした心が、スッと凪いでいくのを感じながら、ライラ様を待たせてはいけないと、私は歩を早めた。


私はライラ様に少し遅れた事を謝罪しつつ、席につく。

「珍しいわね？　クロエが遅れるなんて」

「途中で、少々障害物がございまして」

曖昧に微笑んで誤魔化す。詳しく話すのも億劫だ。

「そう。ところで今度、貴女のお茶会にセリーナ嬢を招待したんですって？」

「はい。お茶会といっても、私の友人であるミズーリ辺境伯夫人が王都へ出てきているというので、少し昔話に花を咲かせようかという、気安いものですけど。ロッテン子爵令嬢のマナーに少し心配があるとの事で、殿下に頼まれたものですから」

私が言うと、ライラ様は大きな溜め息をついた。

「アレクセイは何を考えているのかしら。セリーナ嬢の事で貴女を煩わせるなんて。あの女の事になると、途端に阿呆みたいになるのは何故なのかしらね？」

……何故でしょうね？　私も知りたいですわ。

「殿下も他に頼める方がいらっしゃらなかったのだと思いますわ。どうも教師の方とも馬が合わないようなので」

「だからと言って、クロエに頼むのは、間違いでしょう。私が試験をすると言ってるから、急に不安になったんでしょうけど」

大正解です。

「それにしても、懐かしいわね。マイラ嬢がミズーリ辺境伯に嫁いでどれくらいになるかしら？」

「そろそろ二年になる頃かと」

「そう。確か昨年は子どもを産んで間もないからと、、王都へは出てこれなかったのよね？」

「はい。もうその時の御子様も一歳半程と思います。流石に御子様は連れて来る事は難しいようですが、社交嫌いの辺境伯様の代わりにと張り切っておりました」

「貴女達は、あの頃から仲良くしているのね」

「そうですね。私達二人共、あの頃は落ちこぼれでしたから。妙に気が合いましたの。そんな私が、まさか王太子妃になるなど、マイラ様も思ってもみなかったと思いますわ」

私は昔を思い出し、つい笑顔になる。

「クロエ。貴女には本当に申し訳ないと思っているの。セドリックにもね。貴女達二人、とても仲が良かったでしょう？」

「どちらにしろ政略結婚でしたので、相手が変わっただけだと思っております。確かに、彼とは学友でしたし、気安い関係ではありましたけど」

　私を王家に差し出した元婚約者に申し訳なく思う必要はない。

「……クロエ……貴女、鈍感だと言われた事はない？」

　……？　急に何の話？

「いえ……特に今まで、自分でも感じた事はございませんが、もしかしたらライラ妃陛下には、そのように見えておりますでしょうか？」

「……いいの。気にしないで。きっと陰で泣いている男性は多いのでしょうね」

「あの？」

「いいの、いいの。さぁ、お菓子も食べてちょうだいね。ここのお菓子ね、最近の私のおすすめなのよ？」

　話をはぐらかされた気がするが、まぁ、勧められたお菓子が美味しかったので、良しとしよう。


　そして、お茶会当日がやってきた。

「マイラ！　久しぶりね。会いたかったわ」

「クロエ妃殿下、ご機嫌麗しゅう存じます。お元気でしたか？　私もお会い出来て嬉しく思いますわ」

「もう！　まだ、例の方はお見えじゃないから、今まで通りで良いわ。マイラも元気そう。私はもちろん元気よ。カイル様も元気かしら？」

「ええ、息子のカイルも旦那のアルマンドも元気よ。まさか、クロエが王太子妃になるなんてね……人生、何があるかわからないわ〜」

「そんなの、当の本人が一番驚いてるわ。立ち話もあれよね。さぁ、座って。二人で話したいから、例の方には時間を一時間ずらして教えてるの。今ならゆっくり二人で話せるわ」

私とマイラは、あれからずっと仲良しだ。マイラは婚約者候補から外れた後、すぐに、ミズーリ辺境伯嫡男、アルマンド様と婚約した。

前ミズーリ辺境伯は今の陛下の従兄弟に当たる。国境沿いで、我が国の国防を担っていたが、体を壊された為、二十歳になったアルマンド様に爵位を譲られた。

マイラは五歳歳上のアルマンド様に溺愛されている。結婚はマイラの卒業を待ったものの、マイラが結婚前に妊娠してしまった。今では笑い話だが当時は大騒ぎになったものだ。

「今回は、どのくらい王都にいられるの？」

「主要な夜会に出たら、すぐに帰って来いって。カイルの為って言ってるけど、どうだかね」

……間違いなく、アルマンド様が寂しいからでしょうね。

「ミズーリ辺境伯は、相変わらずマイラにベタ惚れね。あの結婚式の辺境伯の号泣は私、忘れられないわ」

「忘れて。誓いの言葉の後に『はい』って言うだけなのに、それすら泣きすぎて言えなくなるなんて……お義父様も唖然として、ちょっとの間放心状態だったんだから」

ミズーリ前辺境伯も、アルマンド様もいかにも兵士って感じの屈強な体に、強面の顔をしている。

アルマンド様の見た目とのギャップに招待客は皆驚いたものだ。

　約二年ぶりに会う私達の話題は尽きない。

「薬草学のクラウド先生覚えてる？　今、彼は学園を辞めて、うちの領に居るの。なんでも、うちにしか咲かない花を求めてやって来たみたいなんだけどね、そこで私の侍女に恋しちゃって。今、先生が口説いてる最中なの」

「クラウド先生、植物にしか興味ないって感じだったのに。だってずっと独身でいらしたでしょう？　確かお歳は……」

「今、三十四歳だって言ってたわ。でも、一目惚れだったって」

「まぁ。なんだか素敵ね。でも一目惚れってあるものよね」

　私だってマルコ様に一目で沼に落ちたのだから。

「でも、王家からのお願いとはいえ、よくジュネ様が、クロエを手離したわね」

「何言ってるのよ！　私達は完全なる政略結婚の相手よ。まぁ、確かに身分的には丁度良かったと思うけど、セドリックにとっては、陛下のお願いの方が大切だもの」

「……クロエ、貴女、鈍感って言われない？」

　つい最近、ライラ様に言われたけど、自覚はない。

「そんな事言われないわよ！　私としては、結構人の気持ちには敏感な方じゃないかと思ってるんだけど？」

　そう胸を張る私に、残念な子を見るような目線を寄越すマイラ。

「ねぇ、ところで、もう私が来て、一時間以上経つような気がするんだけど、例のあの方、遅くないかしら？」

……そういえば、話に夢中で時間が経つのを忘れていたが、ロッテン様に伝えた時間より、すでに十五分以上が経っている。

誰かに様子を訊こうと振り向いた瞬間、遠くから、ピンクの塊が走ってくるのが見えた。

「すみませ～ん。ちょっと遅れちゃいました～？」

なんで疑問形？　間違いなく、遅れてるんですけど。

「ロッテン子爵令嬢。まず先にカーテシーを。そして、私が許可をしたら話しかけるように」

「え～！　せっかく謝ったのにぃ～」

「今の話を聞いていましたか？　この茶会は貴女の今のマナーの進捗状況を見る場でもあるのです。私の言った通りに。さぁ、カーテシーをして見せて」

私がそう言うと、ぎこちなくしてみせる。うーん。五十点てところかしら？

「で、ロッテン子爵令嬢。どうして遅れたのかしら？」

「あ、えっとぉ。ドレスをアレクに買って貰ったんだけど、既製品になっちゃって。今日着てみたら少しサイズが合わなかったから、直してもらってたら、遅くなっちゃった！」

なんだろう。どこから突っ込んだら良いのかな？

まぁ、確かに一目見たら既製品だと分かる品だ。微妙に体にフィットしてない。

「ロッテン子爵令嬢。言葉遣いを教師から習いませんでしたか？」

「だって、今日は公式な場？　ってのじゃないんでしょ？　アレクもそう言ってたし。別に良くない？」

「ダメです。先ほども言ったように、貴女のマナーを見るよう、殿下から仰せつかっているのですから」

「チッ。わかりました……」

ねぇ、今、舌打ちした？　したわよね？

マイラなんて、今までの会話だけで、目が点よ!?

「とにかく、座りましょう」

私達は改めて席に着く。

ロッテン様にはドレスでの身のこなしも難しいようだ。なら、そんなドレスを着なきゃいいのに。お茶会でそんなヒラヒラしたの着なくても良いのよ。

「紹介するわね。こちら、ミズーリ辺境伯夫人のマイラ様です。マイラ様、こちらはロッテン子爵令嬢のセリーナ嬢ですわ」

「はじめてお目にかかります。マイラですわ。よろしくお願いしますね」

マイラの微笑みは、まるで聖母ね。子どもを産んで、ますます磨きがかかってるわ。

「初めまして！　セリーナです！　セリーナって呼んで下さい！」

なんで、そんな感嘆符だらけの喋り方なんだろう……

「では、皆様。お茶とお菓子をお楽しみ下さいね。今日のお茶は、東方から仕入れた物ですの。少し苦味はあるのですけど、蜂蜜を入れると飲みやすくなります。お試しになって？　とても爽やかな後味なんですのよ？」

「まぁ、珍しい。それに、香りも清々しいですわね」

「え～。ちょっとにがーい！」

この会話、仮に記録に残されたら、誰が誰か書かなくてもわかるわね。最初が私、次がマイラ、最後がロッテン様。本当にロッテン様はぶれないわ～。

「ロッテン子爵令嬢。私の話を聞いていましたか？　蜂蜜を入れて飲んでみて下さいと申し上げましたけど？」

「あ！　そっか」

……なんだろう。絶対にライラ様の試験に合格する気がしない。

その後も色々、色々、本当に色々と注意した。茶器の音をカチャカチャさせないとか、お菓子を頬張り過ぎないとか、人の話を遮らないとか。もう注意し過ぎて、私の喉が枯れそう。

そうしたら突然、ロッテン様が叫んだ。

「あーもう！　せっかくのお茶会なのに、全然楽しくない！　話も何言ってるかわかんないし、こんなに文句ばっかり言われたら、お菓子も食べた気にならない！」

お菓子は貴女が一番たくさん食べてましたよ？　それに、私達の会話は、最近の国の流行を元に、産地やら、領地やらの話で、はっきりいえば情報交換。どこの誰がどうしたって話も今後の社交に役立つ物ばかり。これが出来なきゃ、腹黒い貴族との会話で足元を掬われてしまう。

それを聞いたマイラは、すかさずフォローに入ってくれた。

「妃殿下は貴女の為を思って仰って下さっているのですよ？　貴女が恥をかけば、殿下にも恥をかかせる事になるのです。それをわかっているのですか？」

「え？　だって、そういう面倒臭いことするために、クロエさんがいるんでしょ？　私はアレクに愛されて、アレクの赤ちゃんを産めばいいって言われてるもん！」

「確かに、側妃に求められている事で一番大切なのは、後継をもうける事です。でも、貴女は最低限の淑女マナーを習得しなければ、側妃にもなれないと条件を付けられているのでしょう？」

マイラが私の代わりに苦言を呈してくれているが、この人に通じているのか。

「それって、私が頼んだ事じゃないし。アレクが私を愛している事は変わらないんだから、マナーとか関係なくない？　毎日、毎日、勉強、勉強で息が詰まるの！　アレクだって、前みたいに一緒にいてくれないし、思ってたより、全然贅沢出来ないし、いつも誰かの目があって、ゆっくりも出来ない。こんなことになるなんて、聞いてなかったわ！」

ロッテン様は真っ赤な顔をして、立ち上がった。

その拍子にカップが音を立てて倒れ、転がる。お茶が入ってなくて良かった。

まぁ、今までゆるゆると育てられた彼女には、今の状況は耐えられないのかもしれないが、この状況を選んだのは、ロッテン様と殿下の二人だし、そんな美味しいところだけ享受しようとしても、そうは、問屋が卸さない。かといって彼女が心を入れ替えるなんて、未来永劫なさそうなんだけど。

「ロッテン子爵令嬢。貴女は勉強も、淑女教育も、全て望まないと、そう仰いますの？」

私は静かに訊いた。これはもう、最後通牒を出すしかない。

「そうよ！　もうこんな生活うんざりよ！」

「……そうですか。ならば側妃候補を降りなさい」

「それはイヤ！」

「ならば、愛妾におなりなさいな。そうすれば、貴女が嫌がっているお勉強もマナー講習も全て無くなります」


魔のお茶会のその夜、私は夕食と湯浴みを終え、明日の予定のチェックを行っていた。

今日は本当に疲れた。話しの通じない者の相手がこれ程までに精神的疲労をもたらすのかと。

私が『愛妾になれば？』と言った後、ロッテン様は怒って席を立つと、そのままサロンを出ていった。残された私とマイラは深いため息をつき、二人して、『殿下はあれのどこが良かったのだろう？』と首を傾げた。殿下の前では違うのだろうか。

まぁ、男の前と女の前で態度を変える女なんて、前世でも現世でも山程いる。女性から見たら首を傾げたくなるような女でも、男性の前では十匹ぐらい猫を被るのだ。

確かに、好きな男性には、良い自分を見せたいし、出来る事なら可愛いと思われたい。それは私にもある感情だ。でも、それは是非とも自分が好意のある男性だけに向けられる物であって欲しい。誰彼構わずやっちゃう女はやはり女の敵でしかない。

それに、たくさん被った猫は、いつの日か自滅に追い込む虎へと変身するかもしれない。

そうなれば一緒に食い殺されるのは、その男性なのだけど……

ロッテン様は間違いなく、誰彼構わずに尻尾を振っちゃう女の敵の典型だと思う。

私は今後の事を考えると本当に頭が痛くなるのだ。

私が頭を悩ませていると、ナラがやって来た。

「クロエ様、殿下がお見えになってます。お通ししてもよろしいでしょうか？」

……絶対、お茶会の事だろうなぁ。面倒くさいが断れない。

自室の応接に通された殿下は私の顔を見るなり怒鳴って来る。

「今日のお茶会でクロエから『側妃に相応しくないから、妾にでもなれ！』と言われたと、泣きながらセリーナが私に訴えてきたぞ！　自分の努力を二人に笑われて辛かったとな！　どうして、そんな酷い事を……それに、セリーナの努力を笑うなど……クロエ、君はそんな人だったのか！　見損なったよ！」

……ほら、もう面倒くさい。

「殿下。とりあえず、お座り下さい」

私は、殿下に着席を促す。興奮してるのはわかるけど、殿下が立ってたら、私が座れない。

殿下は渋々長椅子に腰掛けると、私を睨む。睨まれても怖くないけど。

殿下が座ったのを確認したナラがお茶を用意し始めた。私もそれを見ながら腰掛ける。

「今日の事を彼女にお聞きになったわけですね。で、私が『側妃には相応しくないから、妾にでもなれ！』と言ったと」

「そうだ！　何か言いたい事は？」

「なるほど。では、一つ殿下に確認したい事が御座います」

「なんだ⁉」

喧嘩腰にならないで欲しい。疲れるから。

「私のお話を聞く気持ちがございますか？　それとも、今のように、片方のお話だけ聞いて、私を叱責なさいますか？」

「も、もちろんクロエの話を聞く気があるに決まってるじゃないか！　その為に来たんだ」

「そうですか……では、私のお話を最後まで、口を挟まず聞いて下さいませ。ご質問はその後にお伺いいたします」

「わ、わかった」

「では、まず始めに。私は、勉強やマナー講習を嫌がるロッテン様に『貴女は勉強も、淑女教育も、全て望まないと、そう仰いますの？』とお訊きしました。そうしたら、彼女は『もうこんな生活うんざり』と言われましたの。そこで私は一つの提案として、側妃候補を降り、愛妾になる事を進言させて頂いたまで。殿下だって、ロッテン様には側妃も荷が重いと感じておられたではないですか。それに……」

そこで、まだ私が話し終わらないというのに、殿下が遮って来る。話聞いてた？

「でも、セリーナは私の側妃になりたいと。それを目指して努力しているではないか！」

「最後まで口を挟まぬよう、申し上げましたよね？　少し黙っていて頂けますか？」

「うっ……」

私だって、お茶会で疲れて、こんな話を一日の締めくくりにしたくないのよ！　後はマルコ様のマッサージを受けて眠る予定だったのに、それを邪魔されて、私だって頭にきてるんだからね！

「それに、今日のお茶会でのマナーについて、はっきり言わせて頂きますけれど、ロッテン様は、何一つ出来ておりませんでした。優秀な教師に約三ヶ月みっちりしごいて頂いたのにです。私はロッテン様が憎くて言ってるわけではありません。人には向き、不向きがございます。私は良かれと思って提案させて頂いたまで。愛妾になるのが泣くほど嫌なら、もっと努力するべきだと私は思いますが、やりたくないと仰ったのは、ロッテン様です。私ではありません」

そこまで一息に言い切ると、まっすぐに殿下を見て告げる。

「殿下。殿下はどうなさりたいのです？　馬が合わないからと、どんどんと教師を変える事が本当にロッテン様の為になっているのですか？　それより、彼女の意識を変える事こそ、重要なのではないですか？　殿下はロッテン様とただ、一緒にいたいのですか？　それとも、側妃にしたいのですか？」

私が粗方言い終わったので、言いたい事があるならどうぞ、と頷いた。

殿下は小さな声で答える。

「セリーナが愛妾は嫌だと、側妃になりたいと……それを望んでいるのだ。私はそれを叶えたいと思って……」

「では、殿下が出来る事は二つです。一つは、ロッテン様に教育をがむしゃらにさせる事。甘えを許さず、厳しくともそれが必要なのだとわからせる事です。もう一つは、ライラ妃陛下に条件を取り下げてもらう事。たとえ淑女教育が終わらずとも、ロッテン様を伯爵家の養女にしてもらえるように掛け合って下さい。そして、ただ後継をもうける為だけに存在し、公の場には一切出さない事を約束させて下さい。ロッテン様を側妃にする。それを譲れないのであれば、殿下の取る道はどちらか一つです」

「母上には、これでも譲歩してもらっているんだ。きっと、これ以上は無理だろう」

「なら、殿下の取る道は残りの一つだけですわね」

「………………」

無言ですか？

「ところで、殿下のお話はこれだけでしょうか？」

「いや……どうもセリーナの話とクロエの話が違い過ぎて……混乱しているんだ」

「殿下が信じたい方を信じたら良いと思いますわ」

「どういう事だい？」

「言われた言葉は受け取り方で違うように聞こえるという事です。今回の事で言えば、私が愛妾の提案をした事のみが事実です。受け取り方や受け取る人の感情、立場で、違う話をしているように聞こえるのでしょう。ある意味どちらも事実。そして、それを信じるか信じないかは、殿下のお好きにして良いのです。しかし重要なのは双方の話を聞く事。殿下が私の話を全く聞かず、ロッテン様のお話だけを聞いて今回の事を判断されるのなら、それはそれ。私としては、殿下はその程度であったと判断するまでです」

「なっ!?　……クロエの言いたい事は、わかった。しかし、クロエの言い方には、その……棘があるのではないか？　だから、セリーナがあんな風に受けとるのでは？」

「私、今回の件を引き受ける時にきちんと申し上げました。私は甘くないと。それをロッテン様に伝えていない殿下の責任なのではございませんか？」

「そ、それは……そう……かもしれないが」

「今はまだ三ヶ月。あと二年半以上ありますが、まだ、二年半と受けとるか、もう二年半しかないと受けとるか……殿下はどちらでしょうか？　殿下、やはり愛妾である方が、ロッテン様には幸せなのではないかと私は思うのですが？」

　これは私の殿下への情けだ。だってロッテン様は処女じゃないから。この道しか残されていない事を私は知っているのだから。

　たくさん皆が嫌な思いをして、三年後に愛妾になるか、今すぐ愛妾になって皆が幸せになるか。それは殿下の采配にかかっている。どちらにしても愛妾しか残された道はない。その事実を言えない事が今はもどかしいが。

　私は殿下の目を見て答えを待った。

「それは……無理だ。セリーナがそれを望んでいない。それに私だってセリーナに側妃という地位を与えてやりたい」

「そうですか……」

こりゃあダメだ。もう地獄の三年コースしか残ってないのね。

私がそう思っていると、殿下は言葉を続けた。

「それに、もし、セリーナを愛妾にする場合、クロエに後継を産んでもらう事になるのだから、それは……その……クロエはもしかして、それを望んでくれているのか？　だから、セリーナを愛妾に……と推すのではないのか？」

最後は小声過ぎて聞き取れなかったが、最初の方に聞き捨てならない言葉があった事は、はっきり理解した。

「殿下？　例えロッテン様が愛妾になろうとも、私が後継を産むことは御座いません。新しく側妃を殿下に娶って頂くだけですので、そこはお間違えなく」

はっきりと断言する。そんなの当たり前だと思うけど？

何故、私の目の前の男は、ポカーンとしてるんだろう。

「殿下？　どうされました？」

「あ、いや……何でもない……」

「それと、もうひとつ。ロッテン様にお金の出所を説明してあげて下さい。あと、くれぐれも私の元へは来ないように、と」

「……その事なんだが、セリーナはクロエと仲良くしたいと思っているようなんだ。だから、今回の事も深く心を痛めていてね」

「殿下、はっきりと言わせて頂きますが。ロッテン様が側妃になった暁には、それなりの関係を築く必要があると思っております。ゆくゆくは、私が後宮を取り仕切らねばなりませんし」

「あぁ、そうだな」

「しかし、今の段階で、私は彼女と親しくなろうとは思っておりません」

「……どうして？」

「元々、殿下も私達が会わないよう、配慮して下さる予定ではありませんでしたか？」

「その方がお互い嫌な思いをしなくて済むと思っていたからな。だが、セリーナは元々人懐っこい性格で。しかし、今は友人と呼べる者も側にいないし、寂しいようなんだ。クロエとも仲良くなりたいと、そう言っていたし、もしクロエさえ良ければ……」

「嫌です」

「え？」

「い・や・で・す」

「いや、聞こえなかったわけじゃないんだ」

「あら、そうですか。てっきり聞こえなかったのかと……」

「クロエ、何故嫌なのか、その……教えて貰えるかな？」

「では、殿下。一つお伺いしますが、ロッテン様は学園にいらっしゃった時、誰か令嬢のご友人がいらっしゃいましたか？」

「……どうだったかな？　聞いた事がないかもしれないが、いたんじゃないのか？」

「私は学年も違いましたから、よくわかりませんが、少なくとも彼女が他のご令嬢と仲良くご一緒している姿は見掛けた事はございません。なのに何故、ここに来て、今までいなかった友人がいないからと寂しがるのでしょう？」

「家族とも離れ、心細いのではないかと……」

「家族と離れているのは私も同じです。それに、結婚とはそういうものです。それが嫌だと、寂しいと思うなら、そもそも結婚に向きませんわね」

「いや、それに……クロエだって、もしセリーナと仲良くなれば……」

「無理です。殿下はロッテン様をお好きでいらっしゃいますが、私は嫌いですから」

「き、嫌い？　どうして？」

……どうして？　そう訊ける殿下の心臓には毛が生えているのかしら？

「今まで、散々迷惑をかけられましたもの。元々、私は婚約者のいる殿方に色目を使う女性を好ましく思っておりません。それに、自分の責務を全うしないお姿にも不快感を抱いております。これ以上理由を述べなければなりませんか？」

「……君がセリーナを好ましく思ってない事がよくわかった。それと、セリーナは私に色目など使っていない！　しかし、クロエ……君は少し冷たくないか？」

「はっきり言って、殿下に冷たく思われようと、どう思われようと……なんなら嫌われようと私は何も気にしません。私は私の責務を果たすだけでございます。私の心まで、殿下にどうこう言われる筋合いは御座いません」

「な……じゃあ、君は、私から嫌われても別に構わないと？」

「はい。別に構いません。どうぞご自由に。あと、ロッテン様が寂しがるならば、殿下が後宮に頻繁に足をお運びになる方が、喜ばれるかと思いますわよ？　是非そうなさって下さいませ」

私がそうニッコリ微笑むと、殿下は何故か怒ったような顔で立ち上がった。

「クロエの気持ちはよくわかった。もうセリーナの事をクロエには頼むまい」

「是非そうなさって下さい」

「……明日から、私は、昼食も後宮でとるようにするから、そのつもりで」

「畏まりました。ロッテン様もお喜びになるでしょう」

殿下は、その言葉を聞くと、足早に部屋を立ち去った。まぁ、昼食を一緒にしなくて済むなら、ラッキーだ。

「クロエ様……大丈夫ですか？　明日から」

ナラが心配そうだ。だいぶ不敬だったからかしらね？

「私は明日からも王太子妃としての責務を全うするだけよ？　特に何も変わらないわ」

「クロエ様は、クロエ様ですね」

マルコ様が近くに来てそう言った。その通りだ。

私は次の日、孤児院の訪問に向かっていた。

「……宰相補佐官殿……何故貴方まで訪問へ同行を？」

「妃殿下、出来れば名前で読んで頂けませんか？」

「……では、ジュネ様」

「妃殿下、名前で」

「……セドリック様。先程の答えを……」

「あぁ。私も丁度、そこへ視察に行かなければと思っていた所で。ご一緒した方が何かと時間の短縮にもなりますしね。何事も合理的にいかなければ」

……胡散臭い笑顔……何か別の思惑でもあるのかしら？

私に着いて来たマリアは、なんとなく気まずそうだ。元婚約者同士の会話など聞いても楽しくはないはずだ。

私は馬車の窓から外を見る。

「この辺りは、綺麗に見えるけれど、一歩脇道に入れば、貧困層の暮らしがあるのでしょうね」

これは、デイビット殿下が気にしていた事だ。

『この国は貧富の差が激しい。もちろん、貴族には貴族の役割があるし、平民には平民の役割がある。身分制度を無くしたい訳じゃないんだ。せめて、皆が人並みの暮らしが出来る国にしたいんだ』

そういつも言っていた。学園で、私やセドリックに。

だからこそ、デイビット殿下は、国王になる覚悟をしていたのだと思う。

たとえ、自分が貴族的な振る舞いを苦手としていても、この国を良くしたいという思いは人一倍強かった。

「そうですね。ほら……妃殿下、あちらに見えますか？　あんな小さな子どもも働いている」

「本当ね。花を……売っているのかしら？」

「そうですね。朝、市場に行って、残り物の花を二束三文で買って、それをまた売る……。きっと、親は病気か、飲んだくれか。割りを食うのは、いつも弱い者だ」

「例え、炊き出しなどでその場を凌いでも、根本的な解決にはならないわね」

「でも、今の王家が出来る事はそれぐらいなようです」

……根本的解決策に対する予算も組まれていない。きっと、甘い汁を吸いたいだけの貴族達からの反対もあるのだろう。

そんな話をしながら私達は王都にある一番大きな孤児院に着いた。

馬車から降りる私の手を、先に降りたセドリックが掴む。

「ジュネ公爵令息殿。クロエ様を馬車から降ろすのは、私の役目です。どうぞ、先に行かれて下さい」

馬から降りて馬車に近寄って来たマルコ様が、不機嫌なんですけど。

「いやいや、リッチ殿。気になさらず。近くにいる者がすれば良い事だ」

「いえ。それは私が……」

何故か二人がやんやと言い合っているので、私はセドリックの手を離し、マリアに行きましょうと先を促した。二人に付き合っていられない。

孤児院では院長が待っていた。

「これは妃殿下。お忙しい所、ありがとうございます」

「いえ、こちらこそ、お忙しいのにお時間を取らせますが、少し中を見て回っても？」

「もちろんです。ご案内いたします」

私達は、院長の案内で、院内を見て回る。

ここには、零歳から十五歳までの子ども三十五人がいるという。

「上の子どもが下の子どもの面倒を見ております。後は、ここの施設の職員が十名。といっても夜勤などございますので、常時三名から五名の職員が子ども達を見ているといった感じでしょうか？」

「それで、足りているの？」

「贅沢を言えばもう少し職員がいてくれると助かりますが、お給金の方があまり出せませんので……」

「そう……ここは、王家と、貴族からの寄付で？」

「ええ、それがほとんどです。あとは慈善バザーの売上など」

「ここにいる子ども達はどういった経緯でここに？」

「親を亡くした者、親に捨てられた者、様々です」

「……そう。他に足りない物は？」

「他には……」

私と院長が話している間も子ども達は遊びに夢中だ。

そんな中、一人の女の子がトコトコと私に近寄って来た。私のワンピースの裾をツンツンと引っ張る。その様子を見て、焦った院長が急いでその子を私から離そうとする。

「リリー！　いけません！」

私はそれを制して、しゃがんでその子に、目を合わせた。

「こんにちは。私はクロエよ。貴女のお名前、もう一度教えてくれる？」

「あたし、リリー。こんにちは」

「まぁ、ご挨拶できるのね。偉いわ。リリーってとっても可愛いお名前ね」

私がそう言うと、「うん」と嬉しそうに答えて、可愛い顔で訊ねてきた。

「ねぇ、クロエはお姫様なの？」

院長は私の名を呼び捨てにした事で、青ざめている。私はそんな事は気にしないけど。

「リリーはどう思う？　私はお姫様に見える？」

「うん。とってもきれいだから」

褒められれば悪い気はしない。

「あら、ありがとう。リリーもきっと素敵なレディになれるわね。ここで、何をして遊ぶのが楽しいの？」

「うんとね……ごほんをよんでもらうのがすき」

「それは、楽しそうね」

そうだわ。いいことを思いついた。

「ねぇ、院長。ここに書き損じの紙でも良いから捨てるような紙はないかしら？」

「紙ですか？　それなら、ありますけど……」

「では、少し持ってきて貰える？」

私はその紙を院長から受けとると、正方形に切り取る。そこから、紙を折って、鶴を折った。

そう、折り紙だ。その鶴を見て子ども達は大喜びした。私に早速折り方をねだる子ども達に、私は何度も鶴を折ってみせた。

その様子をマルコ様も、セドリックも、マリアも目を丸くしながら眺めていた。

器用な子どもは、すぐに折れるようになって、小さな子どもに折り方を教えていた。その様子を私も楽しく見守った。


私が帰る時間になると、子ども達からはまた来てねと言われた。私は前世でも現世でも子どもを持つことは叶わないが、こうやって子どもの笑顔を見るのは、やはり癒される。

馬車の中で、セドリックが尋ねてくる。

「妃殿下……あれは？」

「フフフ。折り紙よ。本当はもっと色んな型を折れるんだろうけど、私はあんまり得意じゃなくて、アレしか折れないの」

「いや、アレを折れるだけでも凄いでしょう？」

まぁ、この世界に折り紙はないしね。

「子ども達が喜んでくれて何よりね」

「妃殿下は、子どもがお好きですか？」

「好きかどうかはわからないけど、子どもの笑顔は可愛いと思うわ。でも子どもを育てるって大変だもの。こうしてたまに一緒に遊んだだけで、子どもが好きだなんて、簡単には言えない気がするの」

前世でも、別に子ども好きっていうわけじゃなかったけど、愛する人との子どもは欲しいと思っていた。その望みは叶わなかったが。

……マルコ様に似た子どもなら、欲しいかも……。いかん、いかん。妄想が過ぎる。

「ところで、セドリック様はご結婚の予定はございませんの？」

そういえば、婚約者が決まったという話も聞かない。

「私ですか？　そう……ですね。いやはやお恥ずかしい話ですが、新しい仕事に慣れるのに忙しく、そちらの方まで手が回りませんで。もう少し先になるかもしれませんね」

「まぁ、そうですか。確かに部署が変わったばかりで、お忙しいのかもしれませんが、早く公爵様を安心させてあげませんとね？」

「……そうですね」

そう言ったっきりセドリックは黙りこんだ。

何か考えてるのかしら？

そういえば、ジュリエッタの方はどうなっているのだろう。婚約は整ったと聞いていたが、全くもって実家とは連絡を取っていない為わからない。

セドリックに確認してみようかしら？

「ところで、セドリック様。ジュリエッタとライル様との婚約の件ですが……」

思考の海から帰ってきたセドリックが私の方をチラリと見て、言葉を濁した。

「その事ですが……実は二人の関係性があまり……」

今の言葉から察するに、二人は上手くいっていないようだ。

政略結婚なのだから、二人の関係性がどうであれ、諦めて貰わなければならない部分が多々あるのだが、セドリックの表情からは、それ以上の問題を含んでいるように思える。

考え込んでいるうちに、私達は王宮へ帰ってきた。私はそのまま、自分の執務室へ戻る。

執務室には、当然のようにセドリックもやって来た。私の側にはマルコ様。

マリアはお茶の用意の為、一旦退室していた。

「今日の事を少し纏めておくけど、寄付金だけではなく、寄贈出来る物も集めてみましょう。貴族はどうせ不要品をたくさん持ってるだろうし。孤児院で使えない物は、綺麗にして市井で安く売るのも良いわね」

「不要品を売るのですか？」

「そうよ。フリーマーケットね」

「ふりーまーけっととは？」

そうよね、この世界にはその言葉はなかったわ。

「不要品……といっても壊れたりとか破れたりとかで捨てるしか無いものは別よ？　邸にはある

けど、ほとんど使ってない物とか、けっこうあるでしょう？　それを市井で平民相手に安く売るの。宝石やドレスはダメね。ワンピースぐらいなら、市井でも売れるでしょうけど。質の良い物を安価で手に入れられれば、儲けモノでしょう？　その売上をまた孤児院に寄付すれば良いわ」

「なるほど。それは良い案ですが、それを王家主導でやるのは……」

「そうよね……ちょっと私に心当たりがあるから、そこに任せてみようかしら」

「心当たりですか？」

「ええ。もう少し時間をちょうだい」

「畏(かしこ)まりました」

「あと、もう一つ提案があるのだけれど……それは纏めて書面にして渡すわ」

「何か考えていらっしゃる事が？」

「そうね。少し」

私は微笑んだ。


数日後、私はマルコ様と向かい合って座っていた。珍しい構図だ。

「クロエ様、こちらこの前言われていた商会の手続きの書類と……こちらが、登録証です。……本当に私が代表でよろしいのでしょうか？」

「良いのよ。流石に私の名前で商会を作るわけにはいかないし。面倒な事、頼んでごめんなさいね。他に頼める人が思い当たらなくて……」

実家とは疎遠で、友人もあまりいない私に、秘密を共有出来る人はかなり限られる。

『ヴィヴォン商会』と名付け、私が出資し、マルコ様が代表を勤める。

私がこの商会を立ち上げた訳は……

「リサイクル？　で御座いますか？」

ナラが目を丸くして訊いてくる。

「そうよ。此処にみんなからの不要品を買い取るシステムを作るの。そして、それを綺麗にしてまた売る。もし、孤児院で使えそうな児童書なんかが持ち込まれた場合は、それを商会の名前で寄贈するわ。私が王太子妃として動けない時の代わりよ。そしてその売上の数％を孤児院に寄付するわ。ここに、製品を綺麗にする為に必要な職人、それと目利きが出来る商人を雇うの。それと、この商会ではもうひとつ、職業訓練所を作る予定」

「職業訓練所？」

「ええ。働きたくても、手に職が無ければ難しいでしょう？」

「なるほど」

「そして、この商会と提携してもらえる、工房を募集するわ。教師になって欲しいし、そこで雇ってもらえる様なシステムをゆくゆくは作っていきたいの。まだまだ、先は長いかもしれないけどね」

王太子妃とは、権力はあるし、やれる事も確かに多い。しかし、それにはこの国の貴族からなる議会の承認が必要なものが多いのも確かだ。身軽に動けるものが私は欲しかった。

「国として出来る事も提案するつもりなの」

「クロエ様は色々とお考えなのですね」

ナラに感心されるが、まだまだ計画しているだけで、何一つ実行出来ていないのだ。上手く行く
かもわからない。

今のところ、私の投資先は順調なようだ。ゴムの強化には成功し、今後は空洞を作りタイヤとしての形にしていく。農作物を作る為の肥料の開発も上手くいっているようで、私のポケットマネーも順調に増えつつある。これなら、侍女達にもボーナスを弾んであげられるかもしれない。

「マルコには、これからも色々と頼む事が多くなるかもしれないの……巻き込んでごめんなさい」

「とんでもない！　私の全てはクロエ様のもの。私の体などどう使っても良いのですから、どうぞお好きに使って下さい」


……なんだろう、マルコ様の言葉が若干、卑猥な物に聞こえてしまう……私、欲求不満かしら？

「クロエ様？　いかがいたしました？」

考えこんでる私を心配そうにマルコ様が覗き込む。

マルコ様の体を好きに使っている妄想に耽っていたなんて、絶対知られてはならない。

「うっ！　な、なんでも、ないのよ」

なんて、しどろもどろな私……

「少し顔が赤いようですが……熱でも？」

マルコ様が私の額に手を当てる。

「だ、大丈夫！　大丈夫だから！　ちょっと暑かったみたい。ただそれだけ！」

「今日は天気があまり良くないので、少し肌寒いぐらいですが、窓、開けましょうか？」

ナラも不思議そうに私を見る。

「も、もう大丈夫。そんなに暑くなくなったわ。ありがとう。でも……ナラ、冷たい飲み物を貰えるかしら？」

挙動不審な私に首を傾げながらも、ナラは冷たいお茶を淹れてくれた。

良かった……少しクールダウン出来て。

お飾りの妻が欲求不満なんて、そのまんま過ぎて笑い話にもならない。


翌日、私はライラ様に呼び出された。ライラ様の執務室。最近は、ここで会う事が多い。

私の顔を見るなり、ライラ様は話し始める。

「あの娘はダメね。本当に側妃になるつもりがあるのしら？」

ロッテン様の事ですね。確か、昨日がライラ様の試験だったと聞いたが……

「それほど、酷かったのですか？」

「貴女も少し前のお茶会で見て分かったと思うけど。それに、貴女から言われて、私もあまり厳しい目で見るのは止めたのよ？　教育を始めてまだ三ヶ月ちょっと。焦っても仕方ないと。でも、あれは……」

ライラ様が昨日の事を思い出したのか、苦々しい顔をした。

私はライラ様に促され、部屋のソファーに腰かける。ライラ様も優雅に私の向かいに腰かけると、その美しい顔を歪ませて、大きな溜め息をつき話し始めた。

「まず、挨拶もダメ。お茶を飲む姿勢も、お菓子を食べる所作もダメ。でもね、それは貴女に聞いていたから、私、覚悟していたのよ？　だから、大変不快ではあったけど、我慢したの。でもね……私のした質問にことごとく答える事が出来なかったの。私、もう呆れてしまって」

「差し支えなければ、その質問の内容をお伺いしても？」

「ええ。まず、私が聞いたのは、この国の国王。陛下の御名前よ」

聞き間違いかな？　この国の民であれば、子どもでも知っている質問では？

「御名前……。もちろんそれには答える事が出来ましたよね？」

私は恐る恐る訊いてみた。他の質問に、ことごとく答える事が出来なかったとしても、これぐらいは答えられる筈……だ。

「『陛下って呼べって言われているので、名前まではわかりません。名前を覚えて欲しいなら、陛下って呼ぶのは止めた方がいいんじゃないですか？』って逆に言われたわ」

……屁理屈！　それは屁理屈よ。ライラ様にそんな事を言えるロッテン様の心臓が恐ろしい。

「覚えていらっしゃらなかったのですね……」

「そうね。まず覚える気もなかったんじゃないかしら？」

「他にはどのような質問を？」

「私だって簡単な質問から、少し難しいかもしれない問題まで、色々と用意していたの。でも、初級の質問で、彼女は躓いた。これ以上、何を質問したら良いか正直わからなくなってしまって。……ねぇ、クロエ、貴女に一つ質問しても良いかしら？」

　ここで、私に？　私もテストされちゃうの？　でも断る選択肢はないわよね……

「何なりと」

「貴女は、この国の王太子……貴女の夫の名前がわかるかしら？」

　……何かの引っ掛け問題かな？

「ライラ妃陛下。私の聞き間違いでなければ、殿下の御名前を訊ねられました？」

「そうよ。私の息子、そして、この国の王太子の名前を訊いたの。貴女の耳は正常よ？　ねぇ、答えられるかしら？」

　……引っ掛けではないらしい。

「この国の王太子殿下は、アレクセイ殿下。アレクセイ・ラインハルトその人ですわ」

「そうよね。クロエは別にアレクセイの事を好きでもなんでもないけど、答えられるわよね？」

　……好き嫌いの問題ではないと思うのだが……まさか……

「あの娘ね、アレクセイの名前、答えられなかったの」

「へ？」

　おっと、驚きすぎて声が出ちゃった。

「私が、さっき貴女にしたように『この国の王太子の名前は？』と訊いたら、自信満々に『それぐらいわかりますよ！　アレクです！』って答えたの」

『アレク』はあくまで愛称だ。

「確かに、ロッテン様は殿下をそのような愛称でお呼びでしたが……」

「まぁ、恋人同士が愛称で呼び合おうが私にはどうでも良いわ。でも、私の問いは『名前』を訊いたの。愛称を訊いた訳ではないわ」

「ごもっともですが、もちろんロッテン様はきちんと……その……愛称ではない御名前もご存知だったのですよね？」

答えを聞くのが怖い。

「フフ。いいえ。あの娘は答えられなかった。正式な名前をと言った私に『え？　アレクじゃないの？』って言ってたわ。……驚きすぎて声も出なかった」

私ももう何も言う事が出来ない。

「ねぇ。せめて恋人……いえ好きな人の名前ぐらい知っていて当たり前よね？　この国の王太子だから、とかではなくても好きな人の名前よ？　普通知ってるわよね？」

「ごもっともです」

「私、ちょっと不思議に思ったんだけど……本当にあの娘は、アレクセイの事を愛しているのかしら？　あの娘の『愛している』にはなんの重みもない気がするの」

……ライラ様だって、人の親だ。自分の息子の為にと色々と手を尽くされているのだ。後は彼女の頑張り次第だと言うのに、当の本人がそのようでは、ライラ様も何が正解なのかわからなくなってしまうだろう。これが本当に愛する息子の為なのか……と。

「私には、ロッテン様のお気持ちはわかりませんが、ライラ妃陛下のなさっている事が間違っているとは思っておりません。後は、殿下とロッテン様、二人の問題ですので」

私は暗に、ライラ様が頭を悩ます必要はないと伝えた。

「私ね。デイビットの時に後悔したのよ。本当に望む人と婚約させてあげられなかった事」

ライラ様はそう言うと私の目をまっすぐに見た。

……それは、私の事を言っているのだろうか。私とデイビット殿下の事を。

「ライラ妃陛下。どうにもならない事もございます。デイビット殿下の時も、いえ、ライラ妃陛下ご本人の時だって。望みと違う形になる事が避けられない場合も。特に王族とは、制約が多いもの。その代わり大きな権力も持たされているのでしょうから。その時、その時で最善を尽くすしかないのでしょう」

「……そうね。私だってこれを望んだ訳ではなかった。それしか選ぶ道がなかったのよね……でも、貴女は違うわ、クロエ」

「いいえ。私の選ぶ道はこれしか無かったのです。臣下として、当然の選択です」

「クロエ。本当にごめんなさい。……貴女を犠牲にしているのに……どうして、アレクセイはわからないのかしら……」

「殿下も恋をすればただの男です。陛下もそうであったように」

「……私達はつまらない人生ね。振り回されてばかり」

「そうですわね。でも、これも人生。私は少しでも嘆く時間は少ない方が良いと思っていますので、自分に出来ることをするだけです」

「そうね。私も陛下が退位するまで、しっかりお支えしなければね。でも、退位したら少しは自由にさせて貰えるかしら？」

「それは、陛下のお気持ち次第ですが、交渉してみる価値はあるかと思いますよ？」

私が言うと、やっとライラ様は笑顔になったのだった。


私が自分の執務室へ戻る途中、廊下で殿下にお会いした。

あの言い争いから、私達は単なる仕事仲間だ。いや、あれ以前にもそうだったのだ。ただ、ランチをする先輩後輩ぐらいの立ち位置から、業務上の接触しかない上司と部下になっただけだ。

私は立ち止まり、脇へ避ける。殿下は私の前を通りすぎる時に、「母上の元へ行っていたのか？」と訊ねた。

会話の内容を素直に言えば、また言い争いになる未来しか見えない。そう考えた私は、当たり障りのない答えをして、やり過ごそうと決めた。

「はい。少しずつ王妃としての仕事の引き継ぎを行っております故」

「昨日、セリーナが母上とお茶をしたらしい。多分、この前言っていた試験を行ったようなのだが……」

……せっかく私がその話題を避けたのに。こんな廊下でまた空気を悪くする気なのだろうか？

「そのようで御座いますね。少しだけお話を伺いましたが……」

「そうか……。あぁ、足を止めさせて悪かった。じゃあ」

それだけで殿下は去っていった。

いつもなら、ライラ様がどう言っていたか、気にしそうなものなのに珍しいなと思いながら、私も自分の執務室へ向かう。

殿下の目の下の隈が少し気になった。まさか、ロッテン様と何か？　最近は、足繁く通ってるみたいだから、間違いが起こってもおかしくはないかも……

それなら、今すぐにでも愛妾にする事が出来るのにな。なんて思いながら私は自分の執務室の扉を開けた。


その日の夜。私は夕食と湯浴みを終え、マルコ様にマッサージを受けている真っ最中。

「クロエ様、足と腕だけでなく、肩もマッサージ致しましょうか？　最近、良く肩を擦っているようなので」

無意識に私は肩を擦っていたらしい。最近は書類を書くことが多く、肩が凝ってはいた。

「そう？　じゃあ頼んでも良いかしら？　最近、肩が張った感じがするの」

「もちろんです」

「あ、じゃあ、髪の毛が邪魔よね。少し待ってて」

鏡台に行き、大きな簪のような物で髪の毛を簡単に纏めて留めた。

「これなら、髪の毛邪魔じゃない？」

元の位置に戻ってマルコ様に訊くが返事がない。

「マルコ？　これじゃあ、ダメかしら？」

再度訊きながらソファーの後ろにいたマルコ様に振り向いた。マルコ様は何故か顔が赤い。

「マルコ？　大丈夫？　体調悪いなら無理しなくていいわよ？」

「だっ！　大丈夫です！　すみません、少しボーッとしてしまいまして。髪の毛、これで大丈夫ですよ。では始めますね」

そう言って私の肩をマッサージし始めた。

凝り固まった肩の張りが少しずつほぐれていく。

「気持ち良い……」

「そ、そうですか!?　それは、よ、良かったです」

……なんだか、マルコ様の様子がおかしい。

「ねぇ、マルコ。本当に大丈夫？　貴方の方が疲れてるんじゃない？」

「い、いえ。そんな事は」

「そうだ！　ねぇ、マルコ！　今度は私がマッサージしてあげる！」

「い、いえ滅相もない！　クロエ様にそんな事させられません！」

前世で、肩揉みぐらいはやった事があるし、今までずっとマルコ様が私にしてくれたマッサージを見ていたのだ。見よう見まねだが、『推し』に癒されている分、私も『推し』を癒したい。

遠慮するマルコ様に、権力という脅しを振りかざしながら、私と場所を交代させる。

騎士服の上着を脱がせた。上着を脱いでシャツ姿になったマルコ様は、着痩せするタイプなのか、しっかりと引き締まった体つきなのが、はっきりとわかるようになってしまった。眼福。私の大好きな細マッチョ。

渋々ソファーに座ったマルコ様の肩に私は手を置いた。マルコ様の体温がシャツ越しに伝わって、何だか照れる。

「クロエ様、無理はしないで下さいね」

「大丈夫よ。肩を揉むぐらいしか出来ないし、上手じゃないと思うけど」

推しの体を揉んでいると言う事実に私の方が昇天しそうだ。やっぱり私、欲求不満なのかもしれない……

「どう？　ちゃんと気持ちいい？」

「気持ちいいですよ」

笑いながらマルコ様が答える。

あれ？　私、変なこと言ったかしら？

「でも、クロエ様、やっぱり申し訳ないです。私の体は女性と違って硬いでしょう？　疲れませんか？」

申し訳なさそうなマルコ様。

……こんなに推しを好きなだけ触れるのだ。疲れるわけがない。

「ぜーんぜん。全然疲れないわよ！」

私達のその姿を、何故か微笑ましそうに見ているナラ。

……もしや私の気持ちがバレてるのかしら？　でも、一応私、人妻な訳で。私の気持ちがバレるのって不味いわよね。

でも、推しが近くに居る生活を今さら手離す事など出来ない。

あぁ。こんなに『推し』が尊いなんて。私、し・あ・わ・せ。


私が至福の時間を味わっていると、ナラが私の側へやって来た。

「クロエ様。殿下がお見えだそうです。いかがいたしますか？　追い返しますか？」

……ナラ……追い返しちゃダメだと思うの。

しかし、今日廊下で見た殿下の様子は少し気になった。

何かやはり私に訊きたい事があったのだろうか？

「では、お通しして？　マルコ、ごめんなさいね。続きはまた今度ね」

私はマルコ様の肩を手をポンポンと軽く叩いて、マッサージを終了させた。

私の至福の時間も終了だ。

マルコ様が上着を着て、いつもの位置に控えたのを確認して、ナラが殿下を応接に通す。

私はその間に隣の部屋でシンプルなワンピースに着替えた。

流石に夜着のままで殿下に会うのは不味いだろう。いや、待てよ？　逆に殿下は一応私の夫だ。なら良いのか？　ん？　どうだろう？いや、ワンピースで正解だ。

「殿下、お待たせ致しました」

私は詫びながら殿下の前の長椅子に腰かけた。やはり殿下の顔には疲れが色濃く表れている気がする。

「あぁ。こちらこそ、こんな時間に申し訳ない」

「殿下、お疲れですか?」

「あ、あぁ……まぁ」

歯切れの悪い答えだ。

ナラがお茶を用意してくれたのを確認した殿下は、「申し訳ないが、人払いをしてくれないか?」と少し固い声で私に言う。

側で控えていたマルコ様は少し嫌な顔をしたが、私は殿下の要望に応え人払いした。

余程、人に聞かせたくない話なのかもしれない。もしや……やはり殿下とロッテン様との関係に進展があったのではないか……と私は勘ぐってしまいそうになる。

それならそれで、そんな死にそうな顔をせず、愛妾にしてしまえばまるっと解決だ。しかし、それではライラ様の顔に泥を塗ることになりかねないか……と私が勝手な妄想を繰り広げていると、殿下が突然頭を下げた。

「クロエ……この前は悪かった」

「え? 何がでしょうか?」

「いや。クロエの気持ちを考えず、セリーナの気持ちばかりを押し付けるような事を言ってしまったな……と思って」

「そんな事お気になさらないで下さい。ただ、今後も私と彼女を仲良くさせようなどとは、思わないで下さいませ」

「……そうだな。当たり前の事だった。クロエの気持ちを考えれば……な」

何度、こんな話をしたんだろうか……

殿下はその度に反省してくれるのだが、きっとロッテン様にねだられると、嫌とは言えないんだろう。

「私の仕事は、ロッテン様を側妃にする事ではございません。王太子妃としての執務と、殿下のサポートでございます。それにつきましては、私が精一杯努めさせて頂きますわ」

「私はついついクロエに甘えてしまっていたのだな。申し訳ない……」

……この反省の気持ちをいつまでも、忘れないでいただきたい。

「ところで殿下……きちんと眠れていらっしゃいますか？」

私はやっぱり目の下の隈が気になって殿下に訊ねる。

「実は、あまり眠れていなくて。最近は食欲もないんだ」

「まぁ、どこかお悪い所があるやもしれませんね。医師には診ていただきましたの？」

「あぁ。アランからも『顔色が悪い』と指摘されてな。今日診てもらったところだ」

アラン・エモニエ。殿下の担当医となった、宮廷医師。

ロッテン様の学園時代の取り巻きの一人であったと同時に、ロッテン様と関係を持った男。

今となっては、ロイド卿とは少なからず顔を合わせる機会は増えた。それでも言葉を交わす事は滅多にない。いつも口を真一文字に結び、不機嫌そうな顔で立っている。

マルコ様曰く遊び人らしいけど、あんな無愛想な男がモテるなんて、私は俄には信じ難かった。

しかしエモニエ公爵令息は、ほとんど接点がない。もちろん言葉を交わした事も。

顔は中性的で美しい顔をしてたような気がする。興味がないので、それすらぼんやりとしか覚えていないのだが。

「で、エモニエ様はどのように？」

「ストレスだろうと言われたよ……」

「ストレス？」

前世でも、ストレスってやつは厄介だった。目にみえるものではないのに、私達に重くのしかかる。そして、苦しんでいる本人以外に、それをわかってくれる人はいない。

「殿下、お仕事がお忙しいのであれば、私に何かお手伝い出来る事はありませんか？　私は今、比較的自由な時間も御座います。お仕事を回して頂いてもかまいませんよ？」

「いや、仕事の方は別に。忙しいのは確かだが、今は然程、大きな案件はないしな。それに、クロエは今度の夜会を取り仕切っているのだろう？　君の方が忙しいんじゃないのか？」

夜会。そう来週には王家主催の夜会が開かれる。今回は社交シーズンの締めくくりで、参加する貴族も多い。

「良い機会だからとライラ妃陛下から仰せつかりましたけど、実際は妃陛下の補佐の延長のようなものですわ。私一人ではまだまだといったところです」

「クロエは、努力を人に見せない。見えないところで努力しているのにな」

そんな、人を白鳥のように言わないで欲しい。褒められたとて、私のやる事は変わらない。

「では、お仕事ではないとすると、殿下のストレスの原因とは何なのでしょう。何か思い当たる事はございませんか？」

「思い当たる事か。……なんだろうな。最近はついついイライラする事が多くて」

「きっと、それも寝不足から来ているのではないでしょうか？　いつから睡眠が取れなくなってきましたか？　食欲が無くなったきっかけとか？」

このまま原因が分からず殿下が体調を壊されても、それはそれで問題だ。

「そうだなぁ。食欲が無いと感じたのはつい最近だが。食べるのが楽しくないと感じたのは……そうだ、あの日からだ。クロエと、その……少し言い争いをしてしまったあの後から……かな」

まさかのストレスの原因が私だった。

「それは……。大変申し訳御座いませんでした。殿下に不快な思いをさせ、お心を悩ませたばかりか、私は謝罪もせず剰え殿下の方から謝罪していただくなど。よく考えれば不敬と捉えられても文句は言えませんわ。如何様な処分もお受けいたしますので、何なりと」

「待って！　さっきの謝罪は心から私が悪いと思ったからだし、それでクロエが謝るなんて、それこそ本末転倒だ」

殿下は慌てた。

「でも、私がストレスの原因な事に間違いはありませんわ」

「いや、ちょっと待ってくれ。食欲が無くなったのは……その……」

殿下が何故かモジモジしている。ちょっと可愛い。

何だかんだで、殿下は私より二つ年下。まだ十八歳なのだ。前世で言えば大学一年生？　そりゃ、可愛いはずだ。

「どうされましたか？」

「クロエと昼食を一緒に食べられなくなるのかと思ったら、なんだか味気なくて。それに、食事もなんと言うか……」

ロッテン様と昼食をご一緒していたのではないの？

「殿下は後宮で昼食をとられていたのでは？」

「あぁ。セリーナと一緒に食べていたんだが、彼女は朝が苦手で、昼頃まで寝ているんだ。で、私が行く頃は仕度している事が多くてな。そうこうしてると、もう私は午後の執務の時間だ。後宮まで行くので休憩をいつもより長めに取ってはいたんだが、それでも、ゆっくり食事する時間はなくて。それにセリーナは、甘いものが好きだからか、昼食もまるでお菓子のような物ばかり。別に甘いものが嫌いな訳ではないが、それが毎日になると、な」

私と昼食を一緒に食べなくなって、まだ十日も経っていないのだが……殿下はその食生活が耐えられなかったと見える。

「まぁ。そうでしたか。それでもロッテン様は殿下と少しでもご一緒出来て喜ばれていたのではないですか？」

「まぁ……そうかな」

ん？　奥歯に物が挟まったような返事ね。

「クロエ……クロエに謝らなければならない事があるんだ」

さっきも殿下は私に謝ってなかったっけ？　別件って事？

「殿下。改まってどうされました？　先程も私は殿下に謝罪していただきましたけど？」

「あぁ。あれはあれで、これは……その……別で」

殿下の声がどんどん小さくなっていく。

顔も俯いてしまっては、なおのこと声が聞きとりづらい。

「殿下。どうぞ仰（おっしゃ）ってみて下さい」

「うん。実はその……セリーナと……」

やっぱり！　殿下とロッテン様はそういう関係になっちゃったのね？！

そりゃあ、好きな女性が側にいれば……ね。でも、これで、彼女をすぐに愛妾に出来る！　もう皆が大変な思いをしなくて済む。そう思うと私はにやけそうになる。堪えろ私。

私は黙って殿下の言葉を待つ。殿下は、私に言った。

「実は……セリーナと口づけをしてしまったんだ……」

「へ？」

今、殿下は口づけって言った？　口づけってキスよね？

私は混乱した。キスした事をこんな死にそうな顔で告白する人いる？

「驚くのも無理はないし、私の事を許せないと思ってもしかたない。ただ、クロエに黙っているのは申し訳ないと……」

殿下が早口で捲し立てる。私はそれを遮るように口を開いた。

「ちょ、ちょっと、お待ち下さい。殿下は何故、それを私に謝ろうと？」

「何故って当たり前じゃないか！　だってセリーナはまだ側妃ではない。私にはクロエがいるのだから、候補でしかないセリーナとそのような事をするのは、単なる不貞ではないか！」

……どういう事？

「えっと。殿下の仰りたい事はわかりましたが……ロッテン様と殿下は既に恋人同士。確かに今のお立場としては、側妃候補となっておりますが、殿下の想い人である事に変わり御座いません。その……殿下が彼女と口づけなさりたいのであれば、それを咎める者など誰もおりませんよ？」

なんなら、それ以上でも私は構わないが、ライラ様は呆れてしまうかもしれないなぁ。やっぱり、先に愛妾になる事をライラ様に許可して頂いて、手順を踏めば何の問題もない筈……と私が頭の中で今後に思いを馳せていると、殿下はそれをどう受け取ったのか、弁解を始めた。

「私は、自分からセリーナにその……口づけをしたのではない！　セリーナが急に……私が少し元気がないからと。急な事で避けきれなかったんだ」

恋人が『元気ないぞ！　元気が出るおまじない』って具合にしてくれたキスを避けるのは、多分……いや絶対に間違っている。私がそれを彼氏にやられたら落ち込んじゃう事間違いなしだ。実際に私がそんな励まし方をしたことはないけれど。

「殿下。それを避けてしまったら、彼女を傷つける事になってしまいますわ。私にお気遣い頂いた事は有難いのですが、今後は、お気になさらずに」

殿下、変な所で律儀だな。

「いや……もうしない。約束する」

……いや、だからキスぐらいすれば良いじゃん！

「殿下。ロッテン様も、その……殿下と触れ合いたいのではないですか？　せめて学生時代のように、と。こんな事を私が言うのは、おかしいですが、口づけで子どもが出来るわけではございませんし……その……別に我慢される必要はないと思いますが？」

何の会話よ、これ。なんか恥ずかしいんだけど。

「ん？　クロエは何か勘違いしてないかな？　私は学生時代もセリーナと口づけなど、した事ないが？」

……え!?　してない!?　キスも？　じゃあ、何ならしてるの？　ハグ？

「そ、そうでしたの？　私はてっきり……」

「だって、私には一応婚約者がいたのだから。当たり前だろう？」

それを当たり前だと思っているなら、何故ロッテン様を側に侍(はべ)らしていたのよ。それも、端から見れば不誠実な行いだと誰かに言われなかったのかしら？

そうか、殿下の側近候補はこぞってロッテン様の取り巻きになったものね。

「肉体的な接触は、その……婚約者に対して不誠実だと理解されておりましたのね。わかりました。でも、心までは縛る事は出来ませんものね」

私は一定の理解を示すが、正直、殿下の不貞の基準がイマイチわからない。

「そうなんだ……。人を好きになる気持ちというものは……自分ではどうにも出来なくて。それも、本来ならダメな事だとわかっているんだけどな」

人を好きになる気持ちは自分でもコントロールするのは困難だ。でも、殿下は最低限、体の接触はきちんと線引きしていらしたらしい。

「確かに。婚約者が居て他の方に心を奪われる事は……本来なら許される事ではありませんが、絶対にないとは言いきれません。しかし、今は殿下にとってロッテン様が最愛の方。私は気にしませんので、口づけぐらいは楽しまれても……」

「何故？　そんな事はしないよ？」

頑なだな。

「そう……ですか。でも、今回の事について殿下が気に病む必要はございませんので。私に対して申し訳ないと思う必要もありませんわ」

私はニッコリ笑うが、何故か殿下は渋い顔だ。

もうこの不毛な時間は終了したい。私は話題を変える。

「では、殿下。眠れなくなった原因について他に心当たりは？」

「いや。特にこれと言っては。なんだか心がモヤモヤするような……すっきりしないような感じで、床についてもなかなか寝付けなくて。気づいたら夜が明けてたりするんだ」

「まぁ。それではほとんど眠れていないではないですか。そのうち体を壊してしまいますわ。そうだ！　殿下。私がマッサージをして差し上げます」

「マッサージ？」

「はい。私、掌をマッサージされると、ウトウトしてしまいますの。あまり上手に出来ないかもしれませんが、試してみましょう！」

そう言って、私は殿下の隣に腰かけた。

長椅子の上とは言え、意外と近づいてしまったが、マッサージするのには仕方ない。

私はいつもマルコ様に掌をマッサージされると何故か眠くなってくるのだ。物は試し。

「では、殿下。私に手を出して。掌を上に向けて下さいね」

私は殿下に言うも、なかなか手を出さない殿下。

私が不思議に思って殿下を見つめると、何故か殿下の顔が仄かに赤い。

「殿下？　お加減でも悪いのでしょうか？」

と私は心配になる。さっきまで普通に喋ってたけど……

「あ、いや……大丈夫だ。じ、じゃあ……お願いしよう」

とおずおずと手を私に預けてくれた。

私は殿下の手を両手でマッサージしていく。指を指の間に差し込み、少し掌を反らせながら、揉んでいく。いつもマルコ様がしてくれている事を思い出しながら。

「殿下、どうですか？　痛くありませんか？」

「あ……あぁ。確かに心地いい」

「それは、ようございました」

私は嬉しくなった。

自分のやり方が間違ってないとわかり、どんどんと手を解していく。

無言なのもちょっと間がもたないので、

「殿下。昼食なのですが……」

「なんだい？」

「昼食は前のように執務室でとって、ロッテン様とはお茶の時間を設けてはどうでしょうか？」

「それは……どうして？」

「ロッテン様は、お昼頃起床され、殿下が後宮に到着した時には、まだお支度をされていらっしゃるのですよね？　それなら、午後にお茶の時間を設けて、後宮を訪れてはいかがでしょう？　それならば、甘いものを食べても問題ないでしょうし、昼食はきちんと栄養バランスの良い物を召し上がられた方がよろしいかと思います。お茶の時間であれば、昼食より短い時間になるかもしれませんが。それでもロッテン様にお会いする時間は確保できますし、その時間ならロッテン様もお支度が整っているのではないですか？」

「そうだな。……ちょっと考えてみるよ。ありがとう。そうか、そういう理由か……」

そしてまた無言になったので、私は続けて前々から疑問に思っていた事を口にする。

「殿下？　殿下はロッテン様のどのような所に惹かれたのですか？」

「ん？　そうだな。多分、貴族らしくないところだろうか？　私は小さな頃からたくさんの大人に囲まれて育った。しかし、顔では笑っていても、腹の底では何を考えているかわからない。そんな環境で育つと、なかなか自分でも自分の気持ちがわからないような……そんな気分になるんだ。口に出す言葉と、自分の気持ちが凄く離れていくような、不思議な感覚だ。しかし、セリーナは思った事を口に出す。その素直さに惹かれたんだ」

これって、前世でよく読んだ転生モノとか、悪役令嬢モノとか、ざまぁモノのテンプレよね？

大体、ヒロインは市井で育ってその後、下位貴族に引き取られ、淑女教育を施されないまま、学園に通い、そこで知り合う上位貴族のヒーロー達をその気安さと、天真爛漫さで魅了していく。そして、そのうちの誰かと恋に落ちる……っていう王道パターン。でも、そんなヒロインなんて、貴族子女から見たら、躾のなっていないワンコのようなものだけど……懐かれた方は可愛くて仕方ないのよね？

それに、私もデイビット殿下に惹かれたのは、似たような理由だから、それを真っ向から否定するのも憚(はばか)られる。

「なるほど。私も……少しだけ殿下のお気持ちは分かりますわ」

「本当かい？」

「はい。私もデイビット殿下のそういう裏表のない言葉に救われておりました。貴族特有の腹の探り合いばかりでは疲れてしまいますものね」

「そうか……分かってくれるのか……」

ほんの少しだけですよ？

ロッテン様に惹かれた事は、正直理解出来ません。顔は可愛いですし、体も華奢で守ってあげたくなる感じは分かりますけど、それを差し引いても、アレは酷すぎます。

私はそれには答えず、マッサージを続ける。

「クロエは……兄上の事を、好きだったのかい？」

改めて殿下は訊いてきた。

「……その時にはよくわかっておりませんでしたが、初恋だったんだと思いますわ」

私が答えると、マッサージをされていた掌がピクリと動いた。

あれ？　痛かった？

「そう……なのか。じゃあ、悲しかったね」

「そうですね」

私は言葉少なに答える。

「セドリックの事は？　セドリックの事はどう思っていたの？」

「セドリック様は、政略結婚の相手でしたが、不思議と気が合ったといいますか。話しやすい方でしたわ」

お互い、ある程度は本音で話せていたと思うし。

「そうか。好きではなかった？」

「そのような感情を持っているかどうかも考えた事はありません。しかし、お互いを尊重していた事は確かです。私はセドリック様を尊敬しておりましたし、婚約者として申し分のない方でした」

これって……嫌味に聞こえないかしら？　なんかちょっと気まずい。

「さぁ、マッサージは終了ですわ！　いかがでしたか？」

私は極力明るい声で話を変えた。

「あ、うん。とても気持ち良かったよ」

「これで、少しは寝付きが良くなると良いのですけど」

「そうだな。今日はすぐに床に入る事にしよう」

なんとなく暗い表情なのは何故？

「そうですね。では、殿下、すぐにお部屋へ」

私が退出を促そうとすると、殿下が訊ねてきた。

「クロエはこのマッサージを何処で？」

「これは、いつもマルコにやってもらってますの。見様見真似でしたが、解れたのなら、良かったですわ」

「……え？　マルコ？　君の護衛の？　これを？　男が？」

殿下の顔がちょっぴり渋い。

……え？　不味かったかしら？

私がちょっぴり不機嫌そうな殿下になんと答えようかと考えていると、ノックの音がして、ロイド卿から声がかかる。

「殿下。お話中、申し訳ありません。ロッテン様が殿下にお話があると。後宮より使いの者が来ております」

ロイド卿！　ナイス！

「セリーナが？　そうか。クロエ、今日は話を聞いてくれてありがとう。それと、マッサージも。では、失礼する。もうクロエも休んだ方が良い。おやすみ」

殿下が席を立つ、私も立ち上がりながら、殿下を見送った。

「殿下もなるべく早くお休みになって下さいませ。ではお気を付けて」

殿下と入れ替わりで、ナラとマルコ様が部屋へ入って来た。

少し不機嫌そうなマルコ様は、「殿下は人払いまでして何を？」と訊いてきた。

私達夫婦が二人きりになるなんて、無いことだもの、気になるわよね。

「人払いをするほどのお話ではなかったわ。でも、人には聞かれたくない事もあるのでしょうから」

きっと殿下は彼女とのキスを他の人に聞かれる事を恐れたのだろう。たかが口づけ、されど口づけ。殿下は、その行為が私への裏切りだと思っているようだったし。それより殿下があんな初心な方だったとは。そっちの方がびっくりだ。女にだらしない男かと思っていたが、知れば知るほど印象が変わる。

殿下がロッテン様に惹かれた理由はわかったが、彼女は殿下のどんな所に惹かれたんだろう？

いつか機会があれば訊いてみたいものだが、彼女と会話が成立するのかが疑問だ。

私は翌日から、時間のある時にはなるべく外へ出て国民の声を拾う事にした。

今後の私がやりたい事業の参考にする為だ。

その合間でふと思う。殿下はライラ様の試験の結果について、私に訊いたりしなかったな……と。

自分の正式な名前を知らなかったなんて聞いたら……落ち込むぐらいでは済まないわよね。

そうして数日、夜会の準備と、市井への視察で一日を終える日々が続く。

そういえば、夜会用のドレスは出来たかしら？　とも思う。

結婚してすぐに、夜会用、お茶会用と、それぞれ何着か作らせたのだ。元々殿下からのプレゼントは期待していない。殿下は今、ロッテン様にかかっている費用を全て自分の私費で賄っているからだ。私にはきちんと王太子妃として使える予算がある。それには、こういう時のドレス代等が含まれているのだから。

出来れば殿下と少し色ぐらいは合わせた方が良いかもしれない。殿下が夜会で着る予定の洋服を見せて貰うのも良いだろう。

私は執務を終え、王太子宮へ戻って来た。自室に戸惑った様子のマリアが入って来る。

「クロエ様。殿下より贈り物です。多分、ドレスではないかと」

もちろん私の侍女達三人も、殿下からのドレスのプレゼントなど期待していなかったので、戸惑っているのだろう。

「まぁ、殿下から？　それは、予想していなかったわね。じゃあ、開けてみましょうか」

そのドレスは殿下の瞳の色と同じだった。お揃いのアクセサリーまで。

「とても素敵だけど、殿下は大丈夫なのかしら？」

もちろん私の心配は殿下の懐事情である。

第三章

夕食後、殿下が戻ったタイミングで私は御礼の為、殿下の部屋に向った。もちろん行くのは廊下側からだ。

「クロエ？　どうしたんだい？」

私が殿下の部屋に来たのは、この王太子宮に来て初めて。まずは殿下に御礼を言う。

「殿下。ドレスをありがとうございました。今度の夜会がより一層楽しみになりました」

「今日届いたのかい？　クロエが仕立てているという店に同じサイズで作らせたんだ。ギリギリになって申し訳なかったね」

「とんでもございません。わざわざ用意して頂き、嬉しい限りです。殿下も新しく仕立てられたのですか？」

「もちろん、揃いで作らせた。私達が結婚して初めての王家主催の夜会だし、私達の仲をアピールしておかないとね」

『私達の仲』と言われても。私がお飾りなのは、王都に居る貴族ならほとんどが知っていると思うのだが……ライラ様に何か言われたのかしら。

「それは殿下のお召し物も楽しみですわね。殿下もお戻りになったばかりでお疲れでしょうから、私はこの辺で失礼いたします」

退室しようと話を切り上げると、殿下のほうから声をかけてくる。

「も、もし良かったら、酒でも飲まないか？　それとも、時間はないかな？」

……お酒？　初めて殿下にお誘いを受けたわ。断るのも申し訳ないわよね。

「それでは少し」

そう言って、私は誘いを受ける事にした。

殿下の向かいに座り、グラスに注がれたワインを飲む。殿下はまた人払いをしているので二人きりだ。

「昨日は良く眠れましたか？」

私が訊くと、殿下は言いにくそうに、私の部屋から出た後の事を教えてくれた。

「実は……」

殿下は昨日、ロッテン様から後宮に呼び出された。それは、今度の夜会について。今回は、社交シーズンを締め括る規模の大きな物だ。もちろんロッテン様のご実家ロッテン子爵も参加予定なのだが、そこで……

「え？　殿下にエスコートをして欲しい、と？」

まさかのロッテン様は自分のエスコートを殿下に頼んだらしい。

王家主催の夜会で、王太子が自分の妃ではない子爵令嬢をエスコートするなど、なんの冗談かと思ったら、ロッテン様は本気らしい。

「そうなんだ。何度も無理だと言ったんだが、全く聞く耳を持たない。最後には泣き出してしまって……」

流石の殿下でもお手上げだったようだ。

「それは……困りましたね」

そうは言ったものの、だからといって、これは無理。

彼女はロッテン子爵令嬢として、この夜会に参加する事は出来る。エスコート問題は子爵家の方で解決して欲しい。

「それで、昨日はすっかり部屋に戻るのが遅くなってしまって……結局寝不足だ。折角マッサージしてもらったのにな」

「左様でしたか。その……差し出がましいようですが、一つ提案が御座います。まず、夜会に出席する為という名目で一度ロッテン子爵家へお戻り頂いては？」

「そうか！　夜会には子爵令嬢として参加するんだから、邸から家族と共に王宮へやって来る方がよいだろう。それなら、エスコートも子爵家の者がする事になるだろうし」

「そうですね。それが自然でよろしいかと。ロッテン様もそれならば納得されるのでは？」

「ああ。それならきっと理解して貰えるだろう。クロエありがとう」

「いえ。お役に立てたなら何より」

そう言って私はワインを飲み干した。

さぁ、帰ろうかしら？　と思っていたら、殿下が私のグラスにワインを注ぐ。

「ほら、クロエ。もう少し飲んでくれ」

流石にこれは残せない。

私はお礼を言って微笑んだ。帰る機会を失ってしまった……と心の中で思いながら。

「そういえば、殿下。昼食どうされました？」

昨日、私はロッテン様とはお茶をご一緒する事を提案したのだが……

「実は、今日は後宮には行ってないんだ。昨日、夜会の件で泣かせてしまっただろう？　その時に、願いを聞いてくれないなら、二度と顔を見たくないと言われてね」

え？　それで、その言葉をそのまま受け取って、馬鹿正直に顔を見せなかったと？

殿下……それは違う、違うのよ。

「ロッテン様はそういう意味で言ったのではなくてですね……」

「では、どういう意味だ？」

「それはですね、『愛しいセリーナ、そんな悲しい事を言わないでおくれ。君の顔を見られない日が一日でもあるなんて、耐えられないんだ。さぁ、涙を拭いて。いつもの可愛い笑顔を私に見せて？』みたいなですね……」

「エスコートは出来ないんだよ？　それなら、嘘をつく事にならないか？」

……真面目か？

「そこは、ぼかして。会えなくなるのは辛いとだけ伝えるんですよ！　エスコートについてわざわざ言う必要はないのです。彼女は、殿下にご機嫌を取って欲しいだけなのですから」

「そうなのか？　なんだか騙すみたいだな」

「厳密にはそうなのですけどね。でも、女のわがままなんて、そんなモノですわ」

「難しいものだな」

「ならば殿下、練習してみましょう！」

「練習？」

「そうです！　私がロッテン様役をやりますので。仲直りの練習ですわ」

いざ、練習開始！

「『アレク、酷いわ。私のお願いを聞いてくれないなんて！　もう顔も見たくない！　二度と此処に来ないで！』」

「………え？」

「殿下『え？』じゃあ、ありません。さぁ、私のご機嫌を取って下さいませ。ではもう一度『二度と此処に来ないで！』」

「『え、えっと。愛しいセリーナ？　そんな悲しい事を言わないで？　君の顔を見られないなんて、耐えられないんだ？　さぁ、涙を拭いて？』……これで良いかい？」

　なんでセリフが疑問符だらけなんだろう……

『いやよ！　そんな事を言っても、私の事なんて考えてくれないんでしょう？　アレクは私に会えなくても平気なんだわ！』」

「そんなセリフ、さっきはなかったよ？」

「殿下、そこはアドリブです。さぁ、こう言われたらどうされます？」

「どうと言われても……『ご、ごめんよ。仕方ないんだ』」

「ブー！　殿下、ブー！　です。不正解ですわ」

「ふ、不正解……」

「せめて、そこは『平気な訳がないじゃないか！　いつだってセリーナの事を一番に考えているよ。愛してるのは君だけだ』ぐらい言いましょうよ」

「なるほど……難しいな」

　殿下って、女性を口説いた事ないのかしら？

　練習はその後更に続いた。

「殿下！　そこで、ロッテン様の肩を抱くのです！」

「こ、こうか？」

「殿下！　そうじゃなくて！　こうです！」

　私は殿下の腕を持ち、私の肩を抱かせる。

「クロエ……密着し過ぎじゃないか？」

「私はセリーナです！　今はセリーナなのです！　さあ、殿下、セリフを！」

まるでスポ根アニメばりに殿下に激を飛ばす私。

「『ごめんよ。セリーナ。いつもの可愛い笑顔で、私を癒しておくれ？』」

「『アレク、本当に私の事愛してる？』」

「『も、もちろん、あ、愛してるよ？』」

「殿下！　すっぱりと言い切って下さい！　なんで疑問形なんですか！」

「ごめん。少し恥ずかしくて……」

「殿下。練習とはいえ、私に愛を囁くのはお嫌でしょうけど、ここは気持ちを切り替えて」

「いや、嫌なんて……」

「殿下？　すみません。あまりよく聞き取れませんでしたわ」

小さな声での呟きは、スポ根アニメの監督ばりに熱中している私の耳には届かない。言いたい事があるなら、はっきりと言って欲しい。

「いや……何でもない」

「そうですか？　では続けますよ？　段々と様になってきましたからね」

「……相手がクロエだからだよ。君はちゃんと話を聞いてくれるから」

それって暗にロッテン様が話を聞かないって事を殿下が認めちゃったって事かしら？

その後も練習を続ける。殿下も段々と私を抱き締める事も、愛を囁く事も形になってきた。

「……クロエ……怒ってない？」

「何故です？」

「その……今、私が……抱き締めたりしたから」

練習台にしたの、気にしてるのかな？

「いいえ。怒っていませんよ？　だって、私が練習しましょうと言ったんですもの。今の私はクロエではなく、ロッテン様ですので」

「クロエは、クロエだよ……」

「ん？　殿下、何か仰いましたか？」

何か殿下が呟いたような気がしたが、私の耳には届かなかった。

「……いや、いいんだ。クロエ、そろそろ練習も終わりにしようか？　頑張ってセリーナのご機嫌をとってみるよ。お酒、もう少し飲むかい？」

「いいえ。お酒はもう十分に楽しませて頂きましたわ。では、私はそろそろ失礼いたします。殿下、素敵なドレスをありがとうございました。仲直り、上手く出来ると良いですわね」

夜会のエスコートは無理でも、仲直り出来たら良い……そう思った。私は彼女が側妃になれない事を知っている。それが殿下を、酷く裏切っているような気がした。こんな申し訳なく思う気持ち、殿下と結婚するって決めてから初めてだ。

……仕方ないじゃない！　一生懸命努力する男の子は可愛いのよ！　庇護欲だって湧くわ‼

それから数日、私は悶々としていた。ロッテン様が側妃になれない事を知っているのに、黙っている自分にだ。これを私にバラしたセドリックを怨みたい。かと言って、今さらその資格がない事を告げる勇気はない。出来る事なら、彼女の方から諦める方向に話を持っていきたい。

どうすれば、彼女を穏便に側妃候補から外す事が出来るのかを考えながら夜会の準備に追われていると、セドリックがやって来た。

「今日からロッテン嬢を子爵領に帰すと言っていたが、何かあったのか？」

「実は彼女、夜会で殿下にエスコートしろって迫ったらしいのよ。もちろん殿下は不可能だと告げたらしいんだけど、すっかりヘソを曲げてしまって。で、私が、夜会まで子爵領にお帰ししては？と提案したの。そうすれば、あちらのご実家が何とかするでしょう？」

「なるほど、それでか。でも、恋人と離れる割には、殿下の顔は清々しかったがな。それより、王家主催の夜会のエスコートを殿下に頼むとは、相変わらず、想像の斜め上を行く発想で。いやはや畏れ入るよ」

どこか馬鹿にした口調でロッテン様を揶揄した。私も彼女の思考は理解出来ない。完全に同意だ。

「それでも、殿下は彼女を愛しているのでしょうから」

「『愛』ねぇ。殿下のアレは愛なのかね。物珍しさじゃないのかな？　確かに、殿下の周りにはいなかったタイプではあるが、それを言うなら、妃殿下だって、殿下の周りには居ないタイプだと思うが」

「私？　私は至って普通の侯爵令嬢だと思うわよ？」

「そういうんじゃないんだよ。言葉にするのは難しいけど。妃殿下は飄々としているというか、達観してるというか……」

それはきっと、私が前世で三十三歳まで生きていたからだと思う。まぁ、誰にも言うつもりはないが。


夕食後、父からの手紙を受け取った。ジュリエッタとライル様との婚約解消についてだ。ジュリエッタとライル様の関係は最悪で、そうこうしている間に、ライル様に隣国の王女との縁談が持ち上がった。我が国としてもそれを断る手はない。ジュリエッタの度重なる失態と共に、ライル様との婚約は白紙に戻された。

それを私のせいだと責める父の手紙に呆れてしまう。私は溜め息と共に、手紙をゴミ箱に捨てる。

「親子って……何なのかしらね？」

私の呟きを、偶然近くにいたサマンサが拾う。

「親子って、難しいですよね。うちもあまり関係は良くないんです。父は領地経営が下手で、母はそんな父を見下していて。そんな両親を見ていて、結婚なんてと。二人の喧嘩が始まると、小さい頃は弟と一緒にベッドに潜り込んで、その声を聞かないようにお互いの耳を塞いでました」

いつも明るいサマンサにもそんな過去があったんだな、と思う。何も私だけじゃない。

「そういえば、ロッテン様はお母様と仲良しみたいですよね」

サマンサの言葉に私は反応する。

は言った。

「ロッテン様って、結構お母様と会っているみたいなんです。城下で」

何と友人がロッテン様の侍女をやっていたらしい。もうクビになったと少し寂しそうにサマンサは言った。

私はその友人である娘の話を聞いてみたいと思ったのだが、「もう王都を離れてしまったので、難しいかもしれません。何をお訊きしたいのですか？」と言われてしまった。

「後宮でどんな生活をしているのか知りたいの。殿下に訊くと、気分を悪くされるかもしれないでしょう？」

「私、色々と話を聞いてます。私で良ければ、彼女から聞いた事をお話ししますけど？」

身近に知る手段があったなんて。世間は狭い。

私は思い付くまま、色々とサマンサに質問した。

「ロッテン子爵夫人と会う目的は？」

「流石に会話の全ては彼女にも聞こえなかったようです。時折、夫人が声を荒げて『まだなの？』とか『早くしなさい！』とか『愛妾なんて、絶対ダメ』と言う言葉が聞こえたそうです。それと、たまにお香を手渡されていたとか」

「お香？　それは安全な物なのかしら？」

「毒性がない事は確認済みですが、万が一を考えて侍女が管理していたようです。ロッテン様は不服だったみたいですが」

「そのお香の効能って何なのかしら？」

「ロッテン様曰く、リラックス効果があり、良く眠れるのだとか。寝室で使用していたみたいですよ」

……なるほど。色々と情報を得る事が出来た。お香か……気になるな。

「あ、そういえば！　後宮に、殿下以外で頻繁に訪れている人物が一人います。宮廷医師の、アラン・エモニエ様です。ロッテン様は勉強中、度々体調を崩されるので、殿下に言われて、エモニエ様が診に来ているそうですよ？」

アラン・エモニエ。ロッテン様と関係があった男。殿下はそれを知らないものね。信用している殿下がなんだか不憫だわ……

私はふと、考える。何故、ロッテン様はあの二人と関係を持ったのか？　彼女は誰が好きなんだろうか？　殿下？　ロイド様？　エモニエ様？

もし、この世界が乙女ゲームの世界だとしたら……ロッテン様は逆ハーレムを狙っていたのかもしれない。それなのに図らずも殿下のルートに入ってしまったのだろうか？　謎は尽きない。

翌朝、食堂に現れた殿下にビックリして声を出してしまった。私の後ろで、ナラもマルコ様も息をのむ。

「殿下！　そのお顔、どうされたのですか!?」

殿下の頬は赤く腫れていた。

「あ、あぁ。これは、その、セリーナに……」

だんだんと声が小さくなっていくが、ロッテン様の名前ははっきりとわかった。

「どのような事があったのですか？」

まさか、殿下を害するなど。いくら彼女でも許される事ではない。護衛は何をしていたのか。

思わず、後ろに控えていたロイド様に冷たい視線を向けた。

「ロイド卿。貴方がいながら殿下に怪我を負わせるなど！　この件について、何か釈明は？」

「大変申し訳ありません。此度の件について、言い訳しようも御座いません。如何様な処分も受ける気持ちでおります」

頭を下げられようと、主を危険に晒すのは、護衛失格だ。

「クロエ、ありがとう。ジークには今回の件で謹慎を言い渡しているが、もうあと五日程で夜会だからね。処分は夜会後からにしたんだ」

「殿下がそのようにお決めになったのなら、私に異論は御座いません。そのお顔、医師には診せましたか？」

「あぁ。アランに診てもらった。骨には異常はないだろうとの事だが、腫れが引くまで二、三日かかるみたいだ。夜会までには治りそうで安心したよ」

……安心している場合ではない。夜会には間に合っても、執務は？　人に会う仕事は控えるべきだろう。王宮へ行くのも、賛成出来ない。下手に噂になっては不味い。

耳に入る人物によっては、ロイド卿の謹慎ぐらいでは治まらない。ロッテン様にも処分が必要だが、殿下には無理だろう。

「殿下、ロッテン様の処分は？」

　きっと、処分無しなのは分かってるが……

「今回、セリーナには私を害する気持ちはなかった。夜会まで子爵領に帰るよう言ったが、それが気に入らなかったようでね。部屋で癇癪を起こした。侍女や護衛ではおさまらずに私が行った。部屋の扉を開けた瞬間、私の顔目掛けて花瓶が飛んできて、私は避けきれず。このザマだ。せめて扉をノックして入れば、中に居た護衛が、扉を開けさせなかったろう。さすがにセリーナも謝ってくれた。処分の代わりと言っては何だが、大人しく子爵領に帰る事を了承したよ。このままでは、私を害した罪に問われると、ジークが言ってくれたおかげだ。防ぎようが無かったが、誰も処分しないと言うわけにはいかないので、ジークに責任を取ってもらう形になったんだ。クロエには甘いと言われてしまうと思うがな」

　殿下は弱々しく笑った。

「私は言う立場にありませんが、さすがに王宮でお仕事をされるのはおすすめいたしません」

「あぁ、そうだな。こちらで出来るものは、持って来させよう。しかし、私が王宮でしか出来ない仕事も……」

「では、殿下。王宮での執務は、私が代わりを勤めます。もちろん殿下の許可なく決裁を行ったりはいたしませんので」

「クロエだって自分の仕事で忙しいだろ?私の不注意のせいなのに、迷惑をかけるわけにはいかないよ」

　殿下は恐縮している。

「二、三日ぐらい大丈夫ですわ。夜会の準備もほぼ終わっておりますから」

「では、クロエは絶対に無理をしないと約束してくれるかい？」

　どうやら遠慮もあるが、純粋に私を心配して下さっているようだ。

「はい。絶対に無理をしないと誓いますわ」


　私は早速、自分の仕事を済ませるべく、執務室へ向かう。

　そこには、新たに国の事業にと考えていたものの草案が置かれていた。私がセドリックにお礼を言うと、「とりあえず、目を通しておいて下さい。後は殿下に。そういえば、殿下は体調不良とお聞きしましたが？」と聞かれる。一応、他の者には『体調不良』という事にしておいたのだ。

「ええ。二、三日は休養して頂く予定よ。その間、殿下の執務は私が代行します。それと、セドリック様、もう一つ私が考えている事業があるのです。これには、法律を変える必要があるかもしれませんの。一緒に考えて貰える？」

『平民の六歳から十二歳までの教育の義務化』と『女性の文官、武官の積極的登用』についての私の考えを書いた資料を渡す。

「これは……」

　セドリックが資料を見ながら声を漏らす。

教育の義務化は、故デイビット殿下が常々考えていた事だ。

「デイビット殿下の考えをちょっと拝借したわ」

私が笑って答えると、セドリックは小さな声で呟いた。

「俺はこれで……この国を変えたいと思って宰相になる事を選んだんだ」

……セドリックはもしかして、デイビット殿下のこの考えを実現する為に、宰相となる事を決意したの？　もしや、私を差し出したのはその為？

「実現に向けて、私も尽力致します。議会を説得する為に必要な資料を集め、誰にも文句を言わせないよう、頑張りましょう」

デイビット殿下の夢を実現する為には、自分が権力を持ち、殿下の婚約者候補だった私が王妃となるべきだと思ったのなら。セドリックにとって私は、婚約者ではなく、同志だったのなら。

……それなら全部許せてしまえる私は、少し甘いのかしらね。


私は自分の仕事の後、殿下の執務室へ向かう。その途中、イビザ侯爵とその娘ミーシャ様に出会った。

私はこの二人が苦手だ。

ミーシャ様は昔、アレクセイ殿下の婚約者候補だった。確か今十七歳だったかしら？

しかし候補者からは、子どもの頃に早々に離脱した。それは、ミーシャ様が大病をされ、療養を余儀なくされた為だ。ミーシャ様はその後治療の甲斐あってお元気になられたらしい。

しかし、今回エリザベート様との婚約解消後の殿下の妃の候補として、全く名は挙がらなかった。当然だ。王子妃教育をほとんどする事なく、療養に入られたからだ。

その後も候補者として復帰する事もなかったミーシャ様は、殿下とは全く接点もなかった。……が、イビザ侯爵はエリザベート様がいなかったら、確実に自分の娘が婚約者になっていたと吹聴していたのだ。

はっきり言って、記録さえ残っていない程の期間しか、候補者として存在していなかった上に、ミーシャ様が選ばれた基準は、身分と年齢である。優れていたから……という訳ではない。

私と殿下の結婚が決まった時も、このイビザ侯爵はかなり反対したと聞く。それならば、自分の娘の方が相応しいと。ミーシャ様に婚約者が居ないのも、噂では、殿下の側妃を狙っているのではないかと言われている。

イビザ侯爵親子は私に対する悪感情を隠す事はなく、よく私の悪口を言ってるらしい。

これが私が彼らを苦手とする所以だ。

私を見たイビザ侯爵は、ニヤニヤしながら近づいて来た。

「いやぁ～これは、これは王太子妃殿下ではありませんか！　ご機嫌はいかがですかな？」

それを見たセドリックは、私が何か言うより先に不快感を露にした。

こういう時、長年一緒にいたおかげで察して適切に対処してくれるの、本当に助かる。

「妃殿下の許可なく発言するのは不敬である。改めよ」

「あぁ。これは申し訳ありませんなぁ。ご挨拶ですら許されないとは。流石、お飾りとわかっておられても王太子妃に名乗りを挙げられた方だ。権力には人一倍敏感なようで」

……名乗りを挙げた訳じゃないけどね。

それを聞いてセドリックは、尚更怒りを滲ませる。

「不敬であると伝えた筈だが？　侯爵のその耳こそ飾りではないのか？」

『お飾り王太子妃』と『飾り』を掛けたの？　面白くはないけど。

しかし、王宮の廊下で二人の喧嘩が見たい訳ではない。

「イビザ侯爵。上の者の許可なく話しかける事は、不躾であると習っておりませんか？　耳だけでなく、侯爵という身分も飾りのようですわね？」

イビザ侯爵は、少しムッとしたようだが、次は娘である。

「私も妃殿下にご挨拶を。あら？　お疲れなのではございませんか？　隈が……あぁ、申し訳ございません。私よりお歳が上でいらっしゃるんですもの、当然でしたわ」

にこやかに、私の方が若いのよってアピールをしてきた。

「まぁ！　イビザ侯爵令嬢。ご自分が若さしか取り柄のない事を御存知ですのね。悲しいですわねぇ、それしか私に誇れるモノがないなんて。せめて、誇れる内にご婚約がお決まりになるとよろしいですわね？　良いご縁があるようにお祈りしておりますわ」

私が微笑んで返すと、ミーシャ様は真っ赤な顔をして俯いた。

「で、この場所に何の用か？　イビザ侯爵。ご自分の部署はこちら側ではないだろう？」

セドリックが不信そうな目でイビザ侯爵を見やる。

「いえ、王太子殿下にご挨拶をと思いましてね」

最近やたらと殿下に絡んでくるとの話だ。側妃狙いか？

そんな夢を見ずに、さっさと娘に良縁を結んであげれば良いものを。

唯一の取り柄である『若さ』まで失ってしまうわよ？

「王太子殿下はこちらにはいらっしゃらない。それに、なんの先触れもなく、ここら辺をうろつくのは、何か企んでいると思われても言い訳は出来ん。親子共々、処罰対象となりたいか？」

セドリックがそう言うと、二人は青い顔をして、去って行った。

去り際に、ミーシャ様が小声で、「お飾りの癖に！」と捨て台詞を吐いたが、無視する事にした。

もう面倒くさくなっちゃったし。

セドリックは、二人が立ち去ると憎々しげに吐き捨てる。

「殿下の優しさにつけこんで、最近、ああやって、ここで殿下が通るのを待っているんだ。暇な親子だよ」

「私の事も優しいとでも思ってるのかしら？　まぁ、下に見られているのは間違いないわね。彼女を今度私のお茶会に招待するつもりだったけど、辞めておくわ。というより、一生呼ばない」

王太子妃主催のお茶会への招待はそれだけでステータスになるのに……本当に馬鹿だ。

私達は気を取り直して、殿下の執務室へ向かった。

殿下の執務室は……なんというか一言で言うと雑然としていた。

殿下に付いている事務官の処理能力以上の仕事が舞い込んで来ているのか、それとも事務官がポンコツなのかは分からないが、書類がきちんと整理されておらず、優先順位も分かりにくい。

私は書類の整理から始める事にした。まず仕事を種類別に分類。またその中で、優先順位を付けて分けていく。色を分けた箱を用意し、細かく分類をしていく私と、セドリックと、マルコ様。

それをボーッと見ていた一人の事務官が、苦言を呈してきた。

「こんな事をするより、少しでも仕事を進めた方が良いのではないですか？」

見てるだけのクセに文句は言う。口は出すけど手は出さないという邪魔者の典型だ。

「貴方は？　名前を名乗りなさい」と私が言うと、渋々答えた。

「……レスターです」

名を名乗るだけでそんなに不貞腐れる必要があるのか？　自分達のテリトリーを侵されるのが嫌なら、やるべき事をやれと言いたい。

「では、レスター。まずはやって欲しいと思う書類をここへ」

そう言うと、ゴソゴソと自分の机に戻り書類を持って来た。

私はそれを一瞥する。一瞥しただけで、分かる。

「貴方、私を馬鹿にしてるの？　この書類のどこに緊急性があるの？　貴方がして欲しいだけで、全体を見ても優先順位は低いわ」

私は優先順位が低いと判断された箱にその書類を片付けた。

レスターは真っ赤な顔をして、拳を握る。プルプルしてるけど、そんな短気でこの仕事出来るのかしら？

折角殿下付きの事務官をしているのに、能力は低いのねと私が思っていると、セドリックが私に近づいて、耳打ちした。

「あいつはコネでここの事務官におさまった奴だ」

コネねぇ。コネでも何でも、仕事さえしてくれれば私に文句はない。

私達三人が仕分けをしている間に他の事務官は見ているだけだ。

……全員クビにしようかしら？　そう考えていると、クリクリの金髪に茶色い瞳の可愛らしい男性が私に近づいて来て、オドオドと声をかけてきた。

「あの、発言……よろしいでしょうか？」

「どうぞ？」

「……ぼ、私は、ザンビエールと申します。こちらで、事務補佐官をしております。私は何をしたらよろしいでしょうか？　指示をして頂けるとありがたいのですが……」

……か、か、可愛い。どうしましょう。可愛いわ。

私が、書類の仕分け方法をレクチャーすると、「はい！」と嬉しそうに返事をしてすぐに仕事に取りかかった。その姿を見て、私の心の中の解雇リストから、彼を削除する事に決めた。

彼の名前は『ブレット・ザンビエール』、ザンビエール子爵の次男だそうだ。

ブレットが私達と一緒に働いているのを見て、その後数人がその輪に加わった。

人手があれば、その分仕事は早く終わる。私達は書類の仕分けを終えると、優先順位の高い物から目を通していく。

「これは、殿下のご指示を仰いだ方が良いわね」

殿下に確認した方が良い物は、私が後で王太子宮に持ち帰る事にして、私が判断出来る物はどんどんと捌いていく。

レスターは、プライドが傷ついたのか、今だ不貞腐れて書類を眺めているだけだ。仕事しろよ！

ある程度の目処がついた所で、私は仕事を切り上げる。

すると、ブレットが、お茶を淹れてくれた。

「お疲れ様でした。妃殿下のおかげで効率良く仕事する事が出来ました」

なんて出来た子なんでしょう！　可愛らしいだけじゃなく、気まで遣えるとは！　私の側近に欲しいぐらいだわ。と思っていると、セドリックから釘を刺されてしまった。

「殿下の所から引き抜こうなんて思うなよ？」

仕方ない、諦めよう……


王太子宮に戻り、殿下の執務室へ向かう。

確認が必要な書類に目を通して貰う事と、今日の仕事の進捗状況を報告する為だ。

執務室へ入ると、殿下はまだ仕事中だった。私は今日の仕事を報告し、殿下に書類を渡す。

殿下の顔は、昨日に比べ、赤みは減っていたが、まだ腫れが残っていた。

「明日も、こちらでお仕事なさいますか？」

「そうだなぁ。もう少し腫れが引かなければ、明日も此処で仕事かな」

痛むかと訊けば、まだ少し痛むと言う。

私が退出しようとすると、殿下に夕食を一緒にと声を掛けられた。ロッテン様が子爵領に帰られたので、後宮で召し上がる理由がないものね、と私も納得して了承する。

夕食を食べながら、殿下付の事務官について訊ねてみる事にした。

正直に言うと、半数ぐらいはポンコツだったからだ。

「ん？　そうだな。特に問題はないと思うが……どうかしたか？」

殿下の答えから、彼らは私だから仕事を手抜きしたのか？　という疑問が湧いてくる。

もしかして、私の事を舐めていたのかしら。クビにするつもりだったけど、殿下が特に不都合がないなら、私が手を下すのは間違いだろう。仕方ない。

「いえ。不都合が無ければ良いのです。少し気になる事があったのですが……殿下、明日も殿下の執務室でお仕事させて頂いても？」

「もちろん。今日はとても助かったよ。まだ王宮に行くのは難しいだろう。明日も頼むよ」

明日、もう少し彼らの本心を確かめたいと、私は考えていた。


翌朝。私は早起きをした。

何故って？　それは殿下の執務室へ潜む為だ。

「……クロエ様。本当になさるおつもりですか？」

マルコ様はぶつぶつと文句を言っている。

「もちろん！　ちょっと悪い事をしてるみたいでワクワクしない？」

実際、私はワクワクしていた。そんな私にマルコ様は呆れ顔だ。

「王太子妃が自らするような事ではないと思いますけどね。ジュネ様に後で叱られても知りませんよ？」

「怒られるでしょうね。でも、私が直接彼らの声を聞いてみたいのよ。大丈夫、マルコには迷惑かけないわ」

「私に迷惑かける事は、全然構わないんですけどね。心配なだけですよ。でも約束通り、一時間だけですよ？　それ以上はダメですからね？」

私は今から、皆が出仕する前に殿下の執務室にあるクローゼットに潜む予定だ。あそこからなら、皆の話し声も聞こえるし、隙間から様子を覗く事も出来る。

殿下の執務室の雑然とした感じも、私に対する彼らの態度も、あまり褒められたものではなかった。私がお飾りの王太子妃だから馬鹿にしているのか、女だと思って馬鹿にしているのか、それとも、殿下の事も馬鹿にしているのか……うーん、最後は無いと思いたい。

とりあえず、一時間でも良いから、隠れて様子が見たいと言い出した私に、マルコ様はとっても嫌そうな顔をしたが、なんとか説得したのだ。

私は殿下から預かった鍵で誰も居ない執務室に入る。

廊下の護衛には、私が此処に来た事は内緒よ？　と言い含めた。後で、彼にはお礼をしよう。

マルコ様は、私の首にホイッスルのような小型の笛を掛けてくれた。

「私は皆に『クロエ様は遅れていらっしゃる』と伝えた後は、少し離れた場所で見ています。何かあったら、この笛を吹いて下さい」

「わかったわ。何かあったら、すぐにマルコを呼ぶわね」

と私が言うと、マルコ様は絶対ですよ！ と念押しした。

もう少しすれば、早い者達は出仕してくるだろう。

私はマルコ様と別れてクローゼットに身を潜めた。隠れてから、十分もしない間に、最初に出仕して来た者が現れた。ブレットだ。

ブレットはまず、窓を開け換気をしているようだ。隙間から全ては見えないが、淀んでいた空気が少し変わった。

その後、机を拭いたりと職場環境を整えている。……ブレット。やっぱり尊い。

その後、殆どの事務官と補佐が出仕して来た。皆、各々仕事を始めた頃、マルコ様が今日も殿下は王宮に来ない事、私が昨日同様この執務室へ来るが少し遅れるだろう事を告げに来た。

さて、ここから一時間。私は皆の様子を観察する。全員の姿は見えないが……レスターって来てなくない？

皆、結構黙々と仕事をしてるなと思っていたら、レスターが出仕してきたようだ。重役出勤ね。

すると、なんとなく空気感が変わった。

事務官が補佐に対して少し横柄になった感じがするのだ。『これをやっておけ』だの、『仕事が遅い』だの。言っている事務官は、昨日私を手伝わずボーッと見ていた奴ら。

その中心人物がレスターという訳だ。

レスターは、机に向かっている時間より、補佐に対して説教している時間の方が長い。

「昨日は、邪魔をされて自分の仕事が出来なかったよ。それなのに今日もアイツがやって来るのかぁ」

アイツって、私の事？　私、腐っても王太子妃よ？

そう思っていたら、ブレットが庇ってくれた。

「昨日は妃殿下のお陰で、効率的に仕事が出来ました。色々と気づく事もありましたし……」

「お前、昨日もあの女に尻尾振っちゃってさ。何？　好かれたら出世出来るとでも思ってんの？　実力ない奴は嫌だねぇ。上の奴等に媚びる事しか出来ないなんて。あ～無能は嫌だ、嫌だ」

レスターはハリウッドスターばりの大袈裟なジェスチャーで肩を竦めた。

そのレスターの言葉に数人の事務官は同調して笑ってみせる。同調しないまでも、特にブレットを庇う事なく、俯く者が数人。ここから見える範囲だけだけど。

すると、ある者がブレットを擁護した。

「……私もブレットと同じ意見です。妃殿下に来て頂いて自分のこれからの仕事のやり方を変えようと思えました」

彼の名前は何だろう。後で絶対調べよう。

「だからお前らは補佐止まりなんだよ。あんなの、サボりたい奴がやる手だろ？　片付けなんてしてる間に、書類の一つや二つ処理した方が良いに決まってる」

そんな事を言うが、今のところ彼が処理した書類は一つもないようだ。

さらに観察を続けると、事務官の中には、自分の仕事まで補佐にやらせている者が見受けられる。

その筆頭がレスター。そして、彼の腰巾着が数人程いる様だ。

昨日聞いた話では、レスターは伯爵家の嫡男だが、実家は領地を持たない宮廷貴族らしい。レスターは何とあのイビザ侯爵の系列の家のようで、コネの元はイビザ侯爵であった。

レスターの家が代々この王宮勤めで優秀であったとしても、彼までそうだとは限らない。今のところ、私が見る限り彼は只の給料泥棒だ。

イビザ侯爵はあんな奴だが、一応侯爵だし、王宮では、大臣補佐も勤めている。侯爵の力がレスターに及んでいると見た数人がレスターの機嫌をとるように、腰巾着となっているのだろう。くだらない。

ブレットや、さっきブレットを擁護した彼は、真面目に仕事に取り組んでいる。

レスターから散々言われて気分は悪い筈(はず)だが、結局は事務官と補佐。立場が違う事もあり、あれ以上の反論はせず仕事に没頭していた。

レスターは書類を眺めている。眺めているだけだ。彼以外は流石に手ぐらいは動かしている。全く戦力になっていないのはレスターぐらいだろうか。

さて……そろそろ一時間か。マルコ様が呼びに来る時間ね。

そう思っていると、マルコ様とセドリックが部屋へやって来た。

セドリックはかなり渋い顔をしている。きっと、マルコ様から、私がクローゼットに隠れて居る事を聞いたのだろう。……後で怒られるのは確定だ。

「皆、申し訳ない。一度手を止めて。少し頼みがある。図書室へ向かい、ここに書き留めた書物を探し、持って来て貰いたい。かなりの量な為、全員で向かって欲しい」

セドリックがそう言って部屋から全員を退出させた。

そして私の隠れているクローゼットの前に来ると、呆れたような口調で私に呼び掛けた。

「……さぁ、人はいなくなりました。どうぞ出て来て下さい」

私がクローゼットの扉を開けると、そこには不機嫌そうなセドリックの顔。

イケメンって不機嫌そうでもイケメンなんだなと私は思いながらクローゼットから出た。

「こんな事、わざわざクロエ様がなさる必要はないんですよ。誰かに頼めば良いんです。貴女はご自分の立場を理解していらっしゃいますか？」

説教が始まった。まぁ、怒られるだろうなと思っていたので、私は痛くも痒くもない。

「本当は皆の前に『ジャーン！』って出るつもりだったのよ？　でも、それはマルコがダメだって言うから……」

私はこれでも少し妥協したのだ。

「そんなの当たり前です。王太子妃がクローゼットに隠れて、事務官達を観察していたなど、そんな事周りに知られたら、何と言われるか。頼みますから、もうこんな事はなさらないで下さい」

……お飾りの王太子妃ってだけでも色々言われるのに、これ以上の二つ名は欲しくないので、私は素直に頷いた。

「で、成果はありましたか？」

マルコ様が私に訊く。手には果実水を持っていて、私に差し出してくれた。

少し手狭なクローゼットで身動き一つ出来なかった私を労っての事だ。有難い。

「そうね。とりあえず、レスターは必要ないわ」

「ここは殿下の執務室です。クロエ様一人のお気持ちでは決められない」

レスターってばコネだしね。

「わかってるわ。ちゃんと殿下にご報告するし、最終決定はお任せするわよ？　でもね、彼がいる事で、明らかにここの士気は下がっているし、真面目に仕事をしている者が報われない。今まで何故この状況に誰も気づかなかったのかしら」

私が言うと、セドリックは、絶望的な事実を告げる。

「一応、そのレスターが主任事務官ですからね」

「彼が主任なんて、世も末ね」

「とはいえ、レスターをクビにすれば、イビザ侯爵は黙っていないでしょう」

そう言われても、給料泥棒を雇っている訳にはいかない。

話し合いは終わったが、まだ皆は図書室で、探し物をしている最中であろう。

私は殿下の机に付くと、仕事を始めた。きちんと整理された書類を確認するのは、楽である。

私はその中の一つの書類に目を留めた。

注意書が、細かい文字で書いてあり、分かりにくい箇所には、要点を書いてある。

誰の仕事だろう？　とても読み手の事を考えてくれている様が伺えて、私は嬉しくなった。

こういう仕事をしてくれる人こそ、殿下を支える事務官であって欲しい。……なんなら、私も欲しい。

仕事をしていると、皆が帰って来たようだ。各々が沢山の資料を両手に抱えている……がレスターだけは手ぶらだ。いや、手ぶらでは無かった。さっきセドリックが渡したメモを持っていた。……え？　それだけ？

誰よりも沢山の資料を抱えたブレットが私を見て、微笑んだ。

……もう！　キュンってしちゃったじゃない！

ブレットは資料を机に置くと、私の元へやって来て、頭を下げた。

「妃殿下、今日もよろしくお願いいたします。今日のお召し物も素敵ですね」

そして顔を上げ、にっこり笑顔を見せた。

今日の私は、クローゼットに隠れるという目的があった為、極々シンプルなデザインのドレスだ。ドレスというよりワンピースに近い。まぁ、王太子妃としてはどうかと思うが、動きやすいので、私は気に入っている。

「こちらこそよろしくね。それに、褒めてくれてありがとう」

私が言うと、ブレットは少し顔を赤くして頭を再度下げ、自分の机に戻った。

それをレスターは憎々しい顔で見ていた。

さてと……私はこの素敵な書類を書いた主を探したい。

「ねぇ、この書類の事で訊きたい事があるのだけれど……これは誰が書いたのかしら？」

少し低めの声で訊ねた。少なくとも、この口調では褒められるとは思えないだろう。さて、誰が手を挙げるかしら？　もしかすると、誰も挙げないかもしれない。

私が皆の顔を見渡すと、ブレットが、手を挙げながら、席を立ち、こちらに近付いて来た。

「はい。私が書いた物です。不備がございましたでしょうか？」

ブレット！　やっぱり貴方は出来る子なのね！

「いいえ。全く不備はないわ。とても読みやすくて、理解しやすい書類ね。これなら、殿下もお仕事がしやすいと思うわ。ありがとう」

私がお礼を言うと、ブレットは嬉しそうに微笑んだ。

「そう言って頂けると、励みになります！　これからも頑張ります」

それを物凄い形相で眺める者が一人……名前は言わなくてもわかるわね。

そんなに悔しいのかしら？　他の者が認められる事が。ただ、私がレスターを褒める事は一生無いけど。

その日の仕事も、ほぼつつがなく終了したが、私には一つ気になる事があった。

私はマルコ様を手招きして呼んで、耳打ちをする。

すると、マルコ様は、「クロエ様のお願いでも嫌です。お断りします」とはっきりと断ってきた。

私がマルコ様にお願いしたのは、レスターを見張って、ブレットを守る事。もちろん、ブレットが家に帰るまでで良い。レスターを見張っていて欲しいとお願いしたのだが、断られた。

「なんで？」

私もつい素で訊いてしまう。

「私がレスターを見張ると言う事は、クロエ様から離れると言う事。私はクロエ様の専属騎士です。それは出来ません」

「ねぇ、そこを何とか！　今日の様子だとレスターが何かしでかしそうで心配なの」

私が言うと、マルコ様が明らかに不機嫌になった。セドリックも同調してくる。

「クロエ様がザンビエール殿を特別扱いするからですよ」

「そうですね。確かに特別目をかけたように見られても仕方ないかもしれません」

……確かに、ブレットの仕事ぶりを称賛してしまったけど、自分の立場を考えると不味かったか、と今更ながらに反省する。

でも、それなら尚更私の軽はずみな行動で、ブレットを危険に晒すわけにはいかない。

私はもう一度マルコ様に頼み込んだ。

「これからは、気を付ける！　でも、今日だけ、今日だけは私のせいで、ブレットに何かあったら、後悔するだけじゃ済まないもの。ね、お願い。私を助けると思って！」

すると、セドリックが私の味方をしてくれた。

「確かに、レスターの動きは確認しておきたい。リッチ殿、頼めるか？」

「わかりました。その代りクロエ様は速やかに王太子宮の自室にお戻り下さい」

マルコ様は渋々ながら、私から離れて行く。

私には、マルコ様以外にもちゃんと、護衛が付いているのだから、そんな心配しなくて良いのに……とは思うものの、マルコ様に嫌われたりしたら、私は一生立ち直れないので、言い付け通り早々に王宮を後にした。


私は王太子宮に帰ると、そのまま殿下の元へ向かった。

今日の仕事の成果の報告と、殿下の決裁が必要な書類を持って。

「殿下、失礼いたします」

私が入ると、殿下の側近である侍従が迎えてくれた。

殿下は丁度休憩中であったようで、お茶を飲んで寛いでいた。

顔の腫れは随分と治まっているようだ。

「あぁ。クロエお疲れ。今日もありがとう。そう言えば今朝は朝食に顔を見せなかったね。どうかした？」

殿下の向かいの椅子に通された私を見ながら殿下は私に問う。

……クローゼットに隠れる為、早く王宮に行ったからなんだけど……言わない方が良いわよね、多分。

「えぇ。少し用がありまして」

「そうか。で、今日はどうだった？」

「殿下は、ブレット・ザンビエールをご存知でいらっしゃいますか？」

「ブレットなら、私の執務室にいる事務官補佐の者ではなかったか？」

答えを貰ってホッとする。『誰だっけ？』と言われなくて良かった。

「そうです。そのブレットですわ」

私は出されたお茶を一口飲みながら続ける。

「で、彼がどうかしたかい？」

「はい。ブレットの作った書類なんですけど。……これです」

殿下にブレットが書いた書類を見せた。

「あぁ、これか。とても助かっているんだ。でも、これはレスターの物ではないのかい？　私はいつも彼から渡されているが？」

やっぱりレスターは自分の仕事をブレットにやらせていたのだ。そうだと思った。

きっと、レスターの腰巾着達も似たり寄ったりだろう。自分の仕事を補佐にさせて、さも自分達がやっているように見せていたのだ。

「これは、ブレットの物で間違いありません。彼の筆跡も確認しましたし。それと、先ほど名前の出たレスターの事ですが、私としては、彼を解雇する方が良いと判断いたしました。もちろん、殿下の部下ですから、殿下の采配にお任せいたしますが」

一気に捲し立てた私に対して、殿下は穏やかに先を促した。うーん、やっぱり色恋が絡まないと優秀。

「クロエが何の根拠もなくそんな事は言うことはないと信じているよ。昨日も事務官について、私に訊ねただろう？　何かあったんだね。話してくれる？」

……クローゼットの事を言うべき？　言った方が説得力が増すわね。

私は、昨日のレスターの態度から、今日の出来事までを話した。

「クロエが？　クローゼットに？」

殿下は驚いている。

……やっぱりこれは言わない方が良かったかしら？

「殿下。そこはあまり深く掘り下げないで下さいませ」

「いや……クロエが……クローゼット」

殿下は肩を揺らしながら笑った。そんなに面白いかしら？

「とにかく！　レスターがいる事で、周りにも悪影響が出ているのは確かです」

「そうだな。クロエの話を聞く限り、レスターは自分の仕事は補佐に押し付け、手柄は自分のものにしているようだ。確か、彼はイビザ侯爵からの推薦だったように思う。……そうだったな？」

殿下は侍従に確認する。彼の名前はクロード。殿下の側近候補から順当に今の地位に上がった一人だ。

「そうですね。彼はイビザ侯爵の親戚筋です。本人は次期伯爵ですが、宮廷貴族で、領地を持ちません」

「そうだったな。ふむ。では、どうするかな」

「殿下、私のお話を信じて下さりありがとうございます」

確かに私が実際見た事実だが、私があの執務室へ通ったのはたった二日。

殿下はずっと彼らと共に働いているのだから、俄には信じがたいのではないかと思っていた。

「クロエがそんな事で嘘をついたって、何の得にもならないだろう？　それに、さっきも言ったとおり、私はクロエを信じてる。わざわざクローゼットに隠れてまで、彼らの真実を知ろうとしてくれたしね」

私にウィンクをしてみせた。

やはり王太子妃として、クローゼットに隠れたのは、不味かったのかもしれない。


私が王太子宮の殿下の執務室を出ると、そこにマルコ様の姿があった。もう戻って来たらしい。

私は自室に戻りながら、「大丈夫だったかしら？」とマルコ様に訊ねた。

「一応、私の体も一つなんで、とりあえずはレスターの方を見張りました。仕事を終えると、イビザ侯爵の元へ向かいましたよ。多分、そっちの力を借りるつもりなんでしょうね」

二人で話しているうちに、私の自室に着く。私は自室で続きを聞く事にした。

「レスターはイビザ侯爵の力を借りて、どうするつもりだと思う？　ザンビエール家に圧力をかける気かしら？」

「でも、なんの理由ででしょうね？　まさか、『クロエ様に褒められていたから』なんて理由じゃ、流石にイビザ侯爵だって動けませんよ」

「そうよね。今、殿下にもレスターの事は話したの。昨日の態度も、今日私が見た事も全て」

「え？　クロエ様、まさか……クローゼット……」

「仕方ないから、お話ししたわよ。笑ってらっしゃったわ」

「呆れていたのではなく？」

「呆れてたかもしれないけど……っていうか、そう言うマルコは呆れてたのね」

意外な事に、クローゼットの件は皆の心に深く刻み込まれたらしい。嬉しくない。

「ブレットは大丈夫だった？　何もされてない？」

「今日の所は、仕事の後、すぐに寮に戻ったようです。まぁ、明日からレスターがザンビエール殿にどう絡むかはわかりませんが」

そうよね。毎日、毎日見張る訳にはいかないし……。私が悩んでいると、マルコ様が不機嫌そうに尋ねてくる。

「そんなに、ザンビエール殿が気に入りましたか？」

「気に入った事は確かよ。きちんと人の話を聞く耳を持っているし、仕事も丁寧だわ。だから、ブレットのような人が理不尽な扱いを受けている事は納得出来ないの。ああいう人にこそ、殿下を側で支えて貰いたいと思うもの」

「それだけ、ですか？」

「ん？　それだけとは？」

「いえ……何でもありません」

マルコ様ったら、どうしたのかしら？

まぁ、確かにブレットみたいな人は私も部下に欲しいところだけど。

「とりあえず、明日からブレットが仕事をやりにくくならなければ良いんだけど」

そう私は呟いた。


翌日になり、殿下は王宮の執務室での仕事に復帰する事となった。

私はブレットが気になりながらも、自分の執務室へ行く。

扉を開けると、何故かそこにはブレットと、彼を擁護した補佐の男性二人がセドリックの前に立っていた。

……何かあったのかしら？

私が執務室へ入ると、セドリックから説明が入る。

「妃殿下。今日から約一週間この二人が妃殿下の下で働く事になりました」

え？　どうして、この二人が？　私はレスターを解雇して欲しかったのに？

……私の気持ちが殿下に伝わっていなかった事が悲しかった。きちんと仕事をしている二人が、こんな目にあうなんて。殿下の事、ロッテン様の件以外ではきちんと評価していたし、信頼していたので、私はとても気持ちが沈んでしまった。

そんな私の表情を見て、セドリックは小声で補足してくれる。

「妃殿下、殿下から伝言です『この二人を失ったレスターがどうやって仕事をするのか見てみる事にした。クロードにもレスターを見張らせている。これで仕事をこなせなければ彼の処遇を考える』との事です」

あ〜良かった！　殿下はきちんとレスターの仕事ぶりを見て評価してくれる事を考えてくれたようだ。

この一週間、二人がいないながらも、レスターが仕事を真面目にするのなら、彼を解雇する事はない……そういう事だろう。クビになりたくなければ、自分が頑張れば良いだけの事だ。というか、それが普通なのだが。

「殿下より伝言の続きです。『折角仕事の出来る二人を遊ばせておくのは勿体無いから、クロエの元で仕事をさせるように』、と」

私はその申し出を有り難く受ける事にした。

ブレットと一緒に来た彼の名前はユージーン。二人は、私の元へ武者修行に来たと思っているらしい。私、そんな厳しく思われていたのしら？

私は二人にそれぞれ仕事を与え、様子を見る事にした。

ブレットとユージーンは丁寧な仕事ぶりで、私を満足させた。

私は、書類仕事さえ終われば、ライラ様と夜会の最終打ち合わせだ。

夜会まで、今日を含め後三日程。私は、足取りも軽く、ライラ様の執務室へ向かう。

「あら、クロエ。今日はなんだか機嫌が良いわね？　何か良い事でもあった？」

「いいえ。特にこれと言ってありませんが、今日も仕事が捗（はかど）ったなぁと思いまして」

「貴女……結構仕事人間よね？　私は学問に没頭するのは好きだったけど、仕事はあまり。でも、仕事を貴女に少しずつ引き継いでから、僅かながらに趣味の時間を持てるようになってきたの。ありがたいわ」

ライラ様は今、天文学に嵌まれているとか。陛下が退位したら、少し自由になりたいと仰っていたもの。その準備かもしれないと思う。

私達が二人で夜会の最終確認をしていると、ライラ様の侍従が、慌てたように近づいて来た。

「妃陛下にご報告いたします。妹君であらせられるルネ・ソーマ前伯爵夫人がどうしても妃陛下にお会いしたいと」

「そんな簡単に会えるなどと思って貰っては困るわ。どうしても私に会いたいなら、出直して、然るべき手続きを踏むように伝えて。もちろん今日は会わないから追い返して頂戴ね」

淡々と侍従に答えるライラ様。

侍従が去った後、そっと問いかけてみる。

「ライラ妃陛下、ルネ様は……」

「ソーマ前伯爵が亡くなったのは、知ってるわね？」

確か、半年程前に亡くなった筈だ。それが何か関係があるのだろうか？

「はい。今は娘婿のハインツ様が伯爵を継がれていたかと」

「そうよ。ルネには一人娘しかいなかったから。そして今、ルネは伯爵家で孤立しているの。自業自得だけど」

「孤立、ですか？」

「そう。前伯爵が亡くなってすぐ、今までの浮気が露見したの。というより、すぐさま間男を離れに引き入れたルネが馬鹿なだけだけど」

「亡くなってすぐ？」

私は驚き目を丸くする。

「そうなの。新しく伯爵になったハインツはかなり潔癖な性格でね。ルネの浮気をずっと疑ってたのね。これは私の推測だけど、離れに間男を引き入れるなんて、さすがのルネもそこまで浅はかじゃなかったと思うのよ。きっとハインツに嵌められたんじゃないかと思うわ。一人娘にまで縁を切ると言われて、今は伯爵家の離れで一人暮らしているらしいの。年老いたメイドは通って来ているみたいだけど」

「はぁ……それは。今のルネ様の境遇は理解できましたけれど、それと、妃陛下への面会の申し出と何か関係が？」

私が疑問を口にすると、ライラ様は呆れたように呟いた。

「陛下の愛妾になりたいそうよ」

「愛妾ですか……それは、まぁ、なんと言うか……」

「少し前にルネから手紙を貰ってね。それに、『陛下を返して！』って書いてあったわ。返すと言っても、私のモノでもないし、返しようがないわ」

微笑んで、お茶を口にするライラ様。

「でも、まだ前伯爵の喪も明けていらっしゃらない内からこのようなお話をするのは……」

「本当に常識知らずよね。よく伯爵夫人が務まったと思うわ。陛下が退位されたら愛妾は持てないから、焦っているんでしょうね」

「この事は陛下には？」

「まだお話していないわ」

「では、ライラ妃陛下のお気持ちは？」

「私はね、陛下のお好きにしたら良いと思っているの。元々陛下が愛していたのは、ルネだもの。陛下は喜んで迎えるかもしれない。それなら、それで良いと私は言うつもりよ。そうなったら、私もフローラ様みたいに、離宮に引っ込んで、好きな学問に思いっきり打ち込んでみようかと思っているの。それは、それで楽しそうでしょう？」

そう言って微笑んだライラ様のこれが本心なのか、私には判断が出来なかった。

もう、陛下の側妃になって二十年以上。後継になる王子を二人お産みになって、フローラ様の代わりに正妃のご公務までこなして。ライラ様は本当に、この国の為に一心に働いてきた。

その間、陛下とライラ様の心の距離は、全く縮まらなかったのだろうか？

私と、ライラ様とでは境遇は違えど、愛のない政略結婚であることに違いはない。

しかし、私から見て、陛下とライラ様は同志のように見えていた。

この国を共に支え、互いに補いあってこの二十年以上を過ごして来たと思うのだ。それなりの絆と信頼がなければ難しい事である筈(はず)だ。私には、陛下の気持ちもライラ様の気持ちも推し量る事は出来そうにないが。

陛下がどんな答えを出したとしても、ライラ様が幸せになれば良いな……

そう願わずにはいられなかった。


その後、ライラ様の部屋を出て、私は自室に向かった。部屋で寛いでいると、マルコ様から、声をかけられた。

「顔色が優れないようですが？」

つい、ライラ様の事を考えると、何となく胸の辺りがモヤモヤしてしまう。

「ねぇ、マルコ。ずっと側で支えてくれた人を、あっさり捨ててしまえるものなのかしら？」

私はつい、疑問を口にしていた。

マルコ様は、質問の意図が分からず困惑しているようで、逆に質問されてしまった。

「私はこれからも、クロエ様を側でお守りしたいと思っております。クロエ様はそんな私をあっさり捨ててしまわれますか？」

「まさか！　私はマルコを手放したりしないわよ？　ずっと側にいてね」

すると、マルコ様は笑顔で答えてくれた。

「それがクロエ様の答えでしょう。クロエ様はそんな事が出来るお方ではありません。しかし、人はそれぞれ抱えている事情が違うので。私は、そんなクロエ様だから、お仕えしたいのです」

陛下はどんな答えを出すんだろう。

……っていうか、私さっきさらっと『ずっと側にいて』って言っちゃったけど、これって愛の告白じゃない!?　ダメじゃん、私、本音を漏らしちゃ！

夕食時、殿下から、「二人はどうだい？」と訊ねられ、思わずライラ様とルネ様の話かと思い、ドキッとしてしまった。

よく考えれば、殿下がその事を知っている訳がない。幸い、すぐさまブレット達の事だと思い当たった。

「とても丁寧な仕事ぶりで、助かっております。私付きの事務官や補佐の者にも良い影響が出ておりますの」

「そうか。それは良い事だな」

殿下は最近、お仕事は忙しい筈なのに、顔色はとても良い。頬の腫れも殆んど目立たなくなっていた。

「で、レスターの方は？」

「案の定、全く仕事が捗っていないようだ。一つの書類を仕上げるのに、丸一日掛かっていたよ。余程あの二人に頼りきりであったのだろう」

「他の者達は大丈夫でしょうか？」

「サボる余裕はなかったようだが、周りの者は自分でやろうと思えばちゃんと仕事は出来ているようだったよ」

「そうですか。全てはレスターが皆に悪影響を及ぼしていたという事かもしれませんね」

「あぁ、そうだろう。周りもレスターの反感を買いたくなくて、従うか、見て見ぬふりをしていたのだろう。どちらにせよ、あと少し様子は見るつもりだ」

そういえば、イビザ侯爵からの横槍等は入っていないようだ。なんだか静かなのも、それはそれで気持ち悪い。


そうこうしている間に、夜会当日となった。

ブレット達がいないせいで、レスターの仕事は全くもって散々なようだ。

殿下もそろそろ彼に引導を渡す頃だろう。

それはそうと、殿下は最近とても機嫌が良い。そういえば、ロッテン様が今日の夜会を境に後宮へ戻ってくるんだった。それで、殿下の機嫌も良いのかもしれない。最愛の人に五日間も会えなかったのだから、寂しかったのだろう。

私が夜会会場の最終確認をし、警備の最終確認をし……と色々忙しく動いていると、流石に痺れを切らしたナラから怒られてしまった。

「早くクロエ様の支度を始めませんと、夜会に間に合わなくなりますよ！」

引きずられるように、王宮の私の控え室に連れて行かれた。

「ごめんなさい。なんだか気になってしまうと、自分で確認しなくちゃ気がすまなくて」

「人を使うのも一つの才能なんですから、そういう時は、誰かにお任せ出来るようになって下さい。クロエ様が今するべき事は、夜会で誰よりも美しく、王太子妃として恥ずかしくない装いをする事です！」

ナラの言う事はもっともだ。

ここからは、ナラや、マリアの腕の見せ所だ。私は大人しく二人にされるがままになる。

あれよあれよと言う間に、私は豪華なドレスと上質なアクセサリーを身にまとった王太子妃に変身していた。いつもは、シンプルなドレスが多い私も、この日ばかりは、ゴージャスだ。

ナラもマリアも満足そうに頷いている所を見ると、かなり良い出来なんだろう。

こんな時は転生して良かったといつも思う。これだけ美しいと鏡を見るのも楽しくなるというものだ。自画自賛も悪くない。

私達王族は最後に入場する。まだまだ先は長い。控え室で果実水をもらい喉を潤していると、殿下が控え室を訪れた。

「クロエ、とても綺麗だよ。ドレスも良く似合っている」

「素敵なプレゼントをありがとうございました。これなら、殿下の隣に立っても見劣りする事はございませんわ」

「クロエが私の瞳の色を纏ってくれているなんて、なんだか嬉しいよ。本当によく似合う」

「殿下もとても素敵です」

殿下は私の髪の色と同じ黒の礼服だ。殿下は本当に『王子様』って感じの容姿なので、これまた何を着ても似合ってしまう。

お互いがお互いの色を纏ってるなんて、なんだか想い合っているようで、少し恥ずかしい。私のドレスと殿下の衣装。色こそ違えど、刺繍のデザインが同じで、完全なお揃いよりも洒落ている。これはこれで目立つかもしれない。

「さぁ、そろそろ時間だ。クロエ、行こうか」

殿下が腕を差し出す。私はその腕を取りながら告げる。

「そうですわね。皆様に会うのがとても楽しみです。陛下のお加減も宜しいと伺っております。安心いたしました」

「あぁ。母上と踊ると張り切っていたよ」

にこやかに答える殿下。

殿下は世間の噂通り、陛下とライラ様がお互い愛し合っていると信じている。まさか、陛下がかつて愛した女性が、今まさに陛下の側に侍りたいと申し出ている最中だとは夢にも思うまい。

ソーマ前伯爵の喪が明けていない為、ソーマ伯爵夫妻も今日の夜会は欠席だ。今日、ルネ様が王宮に来る事はないと思うと、私は少し安心してしまった。

私と殿下は、会場に繋がる扉の前に立つ。私達の後ろには、陛下とライラ様が立っている。

私達が位置に付くとすぐその重そうな扉は開かれ、シャンデリアが煌めく明るい会場が眼前に広がった。

私達が結婚してから、初めての夜会だ。失敗は許されない。私は気合いを入れ直し、殿下にエスコートされ会場に入って行った。

私達王族が入場し、陛下が開会の挨拶をすると、私と殿下、陛下とライラ様のダンスで夜会は幕開けとなった。陛下はここ数回は夜会で踊る事も不可能な程体調が悪かったが、最近はかなり調子が良いらしく、ライラ様と嬉しそうに踊っている。

「そんなに、父上達が気になる？」

ダンスを躍りながら殿下が私に訊ねる。つい、私は二人を目で追っていたようだ。

「あぁ……申し訳ありません。陛下、本当に最近体調が宜しいのだな、と妃陛下と踊る姿を見てしみじみしてしまいました。楽しそうにしてらっしゃいますわ」

私が言うと、殿下も、二人をチラリと見る。

「本当だな。いつまでも父上は母上を愛しているのだろう。フローラ王妃には申し訳ないが、幸せそうな二人を見ると、ああいう夫婦になりたいと思ってしまうよ」

殿下には、陛下もライラ様も幸せそうに見えるのだ。

私は二人の事情を知っているから、何とも言えなかった。

きっと、殿下はあの二人に自分とロッテン様を重ねているのだろうが、残念ながらそれは叶わない。ロッテン様はどう転んでも側妃にはなれないし、他の者を選ぶ事になったら、せめてその時は殿下のお心を慰めてくれる素敵な淑女に側妃になって貰いたい。

それが、私がロッテン様の秘密を殿下に黙っている、唯一の罪滅ぼしになるに違いない。

しかし、私は本音を隠して告げた。

「殿下とロッテン様なら、愛し、愛される夫婦になれると思いますわ」

何故か殿下はハッとした顔をして私を見る。

「いや、私が言っているのは……」

慌てて何か言いかけたが、そこで丁度曲が終わってしまった。

私達は、壇上へ戻らなければならない。

殿下が何を言いたかったのか、結局、聞く事は出来なかった。


私達のダンスを皮切りに、たくさんの招待客が踊り始めると、ホールは色とりどりの花が咲き乱れたように、鮮やかになる。広がるドレスはまるで大輪の花びらのようだ。

私はその情景を見ながら、招待客を見渡す。

すると、私達の前にエリザベート様がサーチェス公爵のエスコートで挨拶に現れた。

「サーチェス公爵、久しぶりだな。この度は、エリザベート嬢の婚約が決まったと聞いた。おめでとう」

殿下が祝辞を述べると、サーチェス公爵は、とてもにこやかに答えた。

「ありがとうございます。とても良い縁が結べました。殿下には感謝しておりますよ」

……嫌味よね。まぁ、殿下が悪いのだけれど。

嫌味はスルーして、私も微笑みながらエリザベート様に話しかける。

「私からもお祝いを。お幸せに」

「妃殿下には、大変感謝しております。未熟な私にはそのお立場、本当に務まりませんでしたわ」

エリザベート様も淑女の微笑みをたたえた。

……うん。これも嫌味よね？　お飾りになりたくなくて婚約解消したんですものね？　知ってます。

だからと言って、私が反応するのはおかしいのでここも華麗にスルーしようとするも、何故かその言葉に殿下が反応した。

「あぁ。確かに。公爵令嬢には荷が重かった事であろう。クロエにしか私の隣は務まるまい」

そう言って私の腰をギュッと抱く殿下。

ちょっと待って！　何故そんな事言うの？

元を正せば殿下がエリザベート様のプライドをズタズタにした事が原因だし、良い縁と言っても後妻よ？　それについて殿下も心を痛めていたではないですか！

エリザベート様に謝れとまでは言わないけど、刺激しないでよ！　顔色が変わっちゃったじゃない。サーチェス公爵も不機嫌そうだ。

正直、エリザベート様の事は苦手。直接対決したくない。

私が心の中で冷や汗をかいていると、私達の隣から陛下が、空気を読んだのか読んでないのか分からないぐらいのテンションで公爵に話しかけた。

「サーチェス！　久しぶりだな。宰相を辞して以来ではないか？」

その為、二人は陛下の方へ挨拶に向かった。正直助かった。

私はホッとする間もなく、次々に訪れる長く続く挨拶に対応し続ける。

さて、私の前には満面の笑みの母親、それをエスコートしている父親が現れた。

二人からの形式的な挨拶に続き、殿下は直近の話題を振る。

「オーヴェル侯爵、この度は、ジュネ公爵令息との婚約、残念であったな。この国を思っての決定故、納得してもらったと公爵からも話があった。ありがとう」

ジュリエッタはまだ婚約者捜しが難航している。若干両親は嫌そうな顔をしたが、二人も一応侯爵家の人間。すぐに仮面の下に本音を隠した。

「いいえ。ジュネ公爵の決断に同意いたしましたまで。きっと立派な王配になられる事でしょう」

「あぁ。二国間の結びつきも、より強固な物になると期待している。今日は楽しんでいってくれ」

殿下はにこやかだ。

母は、私に場違いな事を言うばかりだ。

「クロエ、素敵なドレスねぇ。流石、王太子妃だわぁ。貴女が王太子妃として殿下を支えている事、私も鼻が高いのよ」

私が答えようと口を開く前に、殿下が答えた。

「クロエには感謝している。これは全てクロエの努力の賜物だ」

なんとなく庇ってもらったような気分だ。答えにも困っていたし、私は笑って誤魔化す事にした。

さぁ、次はイビザ侯爵だ。夫人を伴い私達に挨拶をすると、早々に私に向けて下卑た笑みを向けてくる。

「いやぁ～妃殿下もお寂しいとは言え、補佐官を側に置くとは……いささか感心出来ませんねぇ。

まぁ慰め程度になら、あのぐらいの男が丁度良いのかもしれませんなぁ」

……こいつ何言ってんの？　私が不貞を働いているって？

で、相手は補佐官……って事はブレットかユージーンの事を言ってるのかしら？　話の出所はレスターだろうし、ブレットの事でしょう。下品な考えね。

すると、隣から殿下の低い声が聞こえた。

「イビザ侯爵。貴殿は私の妻に話しかける許可を得てはいないのだが？」

しかし何故か私を舐めているイビザ侯爵はどこ吹く風だ。前も注意したのに、もう忘れたのかしらね。

「あぁ。申し訳ありません。少し妃殿下の行いが目に余るので、つい」

ヘラッと笑うイビザ侯爵が気持ち悪い。人目の多い夜会だけど、手加減、しなくていいわよね？

「この前も注意した筈ですが、覚えておられないとは……。いえ、覚えていなくとも、貴族としての常識。暗に常識知らずであるとご自分から宣言されていらっしゃるのかしら？　そんな方に私の事について苦言を呈される覚えはございませんのよ？」

「最近何かと私の周りに出没しているが何か企んでいるのか？　そういえば、私の執務室の事務官であるレスターは貴殿の紹介であったな。何か？　私の周りを嗅ぎ回っているのか？　それに、クロエについての暴言は不敬罪に問われても仕方ない。犯罪者になりたかったとは知らなかったが……後で護衛に引き渡す。そのつもりで」

殿下が怒気を含んだ声ではっきりと言い切った。

「め、滅相もない！　私は殿下の為を思って！　もちろん何の企みもございませんし、レスターを紹介したのだって、きっと殿下のお役に立つと思ったからで……」

慌てるイビザ侯爵の隣から、急に侯爵夫人が話し始めた。

「レ、レスターは学園時代から優秀で、殿下の元で仕事がしたいと、ま、前々から……」

さっきのイビザ侯爵の失礼な発言にも知らん顔。でも……確か殿下が『レスター』の名前を出した時だけ、片方の眉が動いたのよね。もしかして……

「レスターが優秀？　まぁ！　あの程度で優秀とは……私の通った学園とは違う学校なのかしら？」

私が嫌みっぽく言うと、夫人はヒステリックに叫ぶ。

「お、男の仕事に口を出して邪魔をした挙げ句、自分の情夫の肩を持ち公私混同する方が王太子妃とは……この国はどうなっているの⁉」

そんな彼女を唖然とした目で見つめるのは、イビザ侯爵だ。

「お、おい！　お前！　落ち着け。ここで騒ぐな。それより、レスターはお前がどうしてもと言うから、殿下の事務官に捩(ね)じ込んだんだぞ。あいつが優秀だからと」

夫人の腕を引っ張り自分の方を向かせる。

だけど、残念ながらもう遅い。さっきの夫人の叫びで周囲の視線が集まってるし、内容は完全に私への不敬だ。

殿下の側に侍っていたロイド卿が、二人をその大きな手で押さえつける。

「お前達、ここを何処だと思っているんだ、殿下、妃殿下の御前であるぞ！」

マルコ様は私を庇うよう、私の前に立っている。

周りの近衛もロイド卿を手伝って、二人を捕まえると、会場の外へ連れて行った。

後ろでは、真っ青な顔をしたミーシャ様が今にも倒れそうだ。エスコートしている男性は、イビザ侯爵家の親戚筋の方で、確か近いうちに養子になって後継となる予定だったと思うが……口をポッカリと開けたまま、固まっていた。

「騒ぎになりすまなかった。皆はそのまま夜会を楽しんでくれ！」

殿下が周りの貴族に声をかけると、固まった二人にも言い渡す。

「二人もここを出られるが良い。他の者から好奇な目で見られたければ、無理にとは言わんがな」

その声で我に返った男性が、急いでミーシャ様の腕を掴んで会場から出ていった。

はぁ……せっかくの夜会、今回は失敗ね……そう思っていたら、私達の前にはミズーリ辺境伯夫妻が立っていた。

「ミズーリ辺境伯が夜会に参加とは珍しい」

「せめてこの夜会ぐらいには顔を出しませんと、妻に嫌われてしまいます」

苦笑いをする辺境伯。

「この前はご夫人をお借りしてしまいましたが、楽しい時間を過ごせました」

「私にとって、妃殿下と過ごす時間はかけがえのないものですわ。それにこの夜会も……先程の余興も含め素晴らしいと思います」

余興ね。そう思って貰えれば気が楽だわ。

きっと、この夜会が終るまで帰って来ないマイラに痺れを切らしてアルマンド様は王都に出て来られたのね。

「ミズーリ辺境伯夫人。クロエは何かと気苦労の多い立場だ。たまにはクロエの息抜きで話を聞いてやって欲しい」

殿下が突然、なんだか夫らしい事をマイラに言った。

私もびっくりしたが、マイラは更にびっくりしている。マイラはこの結婚が形式的なものだと十分理解しているからだ。

しかし、そこは辺境伯夫人。淑女らしく、頭を下げた。

「もちろんでございます。私でよろしければいつでも」

とそれを見た殿下は満足そうだ。

アルマンド様も頭を下げ、二人は陛下への挨拶に向かった。

だいたいの上位貴族からの挨拶を終えたようだ。

レスターも来たが、特に何も言わなかった。しかしなんとなく顔色が悪い気がしたのは気のせいだろうか？

さっきのイビザ侯爵を見ていたのかもしれない。自分の立場も危ういと思っている筈だ。まぁ、レスターの場合、侯爵の件がなくても、解雇になる事は変わらなかったと思うが。

さっきイビザ侯爵を拘束した近衛が殿下に耳打ちする。

私がその様子を見てると、殿下が私に教えてくれた。

「イビザ侯爵一家は一応控え室に通してある。クロエへの態度は許せるものではないからな。私が夜会の後に話を聞くつもりだ」

「では、私もご一緒してもよろしいでしょうか？　少し気になる事があるのです」

「気になる事？　クロエが一緒なのは問題ないが、疲れていないか？」

それに私は、大丈夫だと頷いてみせた。

そうしていると、皆が自由に過ごす中、やって来ましたよ……ロッテン様がお一人で。

「アレク！　ねぇ、私と踊ってくれるでしょう？」

嬉しそうに笑って殿下の腕を取る。

「すまないな。今日は無理だ。それに、セリーナはダンスが苦手だろう？」

殿下……正論なんだけど、なんとなくロッテン様に冷たくない？

「アレク、酷い！　確かに苦手だけど、そんな言い方しなくても良いじゃない！　怪我させたの、根に持ってるの？」

……大きな声で、殿下を害した事を言ってしまったら、せっかく明日からロイド卿が代わりに謹慎する事が無駄になっちゃうんですけど？

見かねた私はつい、窘めてしまった。

「ロッテン子爵令嬢。子爵がお探しのようですよ？　ほらキョロキョロして。お戻りになってはいかがです？　それに、この場で殿下を愛称で呼ばないように。場を弁(わきま)えて下さい。殿下もです。あと大きな声も淑女に相応しくありませんよ？」

こんなこと言うと、また後で殿下に『セリーナに冷たい』って言われちゃうかしらね。

「そうだな。クロエの言う通りだ。セリーナ嬢、すぐに戻った方が良いだろう。私は少し陛下に話もあるのでな」

あら素直。どうしたのかしら。そう思う私を連れて、殿下は陛下の元に向かった。

振り返ると、その場に置いていかれたロッテン様は、真っ赤な顔をして震えていた。


陛下は体調を考えて、控え室に戻っている。ライラ様も一緒のようだ。

私はてっきり陛下の元に向かうのだと思っていたら、何故か中庭に連れていかれた。

「殿下？　陛下にお話があったのではないですか？」

「あれは、嘘だ。セリーナ……いや、セリーナ嬢があそこで駄々をこねれば、皆からの注目を嫌でも集めてしまうからな。嘘も方便と言うだろう？」

確かに、あれ以上彼女と話していたら、殿下の怪我の事も、その原因も周りに露見してしまっていただろう。なんの為に、ロイド卿が謹慎するのか、なんの為に殿下の執務を二日間私が代わりにしたのか、わからなくなってしまう。

笑っていた殿下は、不意にその笑顔を消した。

「私は今まで……本当に愚かだったな。学園に婚約者がいないのを良い事に、ずっとセリーナ嬢を側に置いていた。それが周りにどう見られるのかなんて、気にもしていなかった。学園の『身分関係なく皆平等』を免罪符にな。あの頃、セリーナ嬢がよく『苛められた』と泣きついていたが、それは私達が彼女に構っていたからだ。それに気付かず、彼女を守る為という大義名分を得て、ますます側で囲うようにしてしまったが……それも間違いだった。私の愚行はサーチェス公爵令嬢の耳にも届いていただろう。私は婚約者として最低限の義務さえ行っていれば良いと思っていたんだ。馬鹿だな」

……最近の殿下は、何か変わったように思う。

「学園の『身分関係なく皆平等』は、勘違いされがちですが『平等に教育の機会を与える』なのです。与えられるのは教育であり、身分関係なく交流できる、というものではありません。たまに、間違った認識を持った者が、それを振りかざしている場面を見ましたが、学園は小さな社交の場。理解している方がほとんどでしたわ」

「ふふふ。勘違いしていたのは、私もだ」

「殿下。過去は変えられませんが未来は変えられますわ。反省は十分になさって下さい。しかし、後悔はしなくても良いのです。後悔はなんの役にも立ちません」

「役に立たない？」

「はい。後悔にばかり囚われていては、先に進めません。愚かな事をしたのなら、反省をするべきです。反省をしてそこから同じ過ちを犯さぬような教訓を得るのです。殿下は今、反省をしているのですから、次は同じ過ちを繰り返さない事が重要ですわ」

「……そうだな。私は大切な物を見誤った。今度こそ……間違わない」

「殿下。陛下の元に向かわないのであれば、会場に戻りましょう。主催者が長く不在にしては、皆様にどう思われるか」

私は殿下を会場に戻るよう促した。

殿下が今さら後悔しても、こうしてたくさんの人を巻き込んでしまった事実は変えられない。

殿下が良き国王陛下になる事が、皆に報いる唯一なのだから。

私達が動き始めると、気を使って少し離れていた、ロイド卿とマルコ様も一緒に動き出す。私達の話が全く聞こえていない距離ではなかっただろう。

学園で殿下と共にロッテン様の取り巻きをしていたロイド卿は今、何を思うのか。

この男の気持ちが分からなさすぎて、私には不気味だった。

会場に戻り、私達はまた、色んな招待客と歓談したり、挨拶をしたりして過ごす。

イビザ侯爵の件は、この夜会の汚点になったが、それを除けば及第点だと……思いたい。

陛下も控え室から戻ってきて、厳かに閉会の挨拶をした。

何故かライラ様の顔色が優れない事に気づいたが、私はこの後、イビザ侯爵が待つ部屋に行かなければならない。その理由について、ライラ様に訊けぬまま、私は会場を後にした。

イビザ侯爵を拘束している部屋に、殿下と共に向かう。

陛下には先程、その旨をちらりと殿下が報告していたようだが、既に陛下はご存知だった。采配は殿下に任せるとの事だ。

私達が部屋に入ると、すぐさまイビザ侯爵が立ち上がって、

「殿下！　殿下は騙されているのです。妃殿下は……ザンビエール子爵令息を情夫として囲っております。殿下の事務補佐官だった男です。それをあろうことか、今は妃殿下の事務補佐官にしているというではないですか！　公私混同も甚だしい。だから、私はオーヴェル侯爵令嬢を、王太子妃にする事に反対を……」

一気に捲し立てて話を始めたが、殿下が一喝する。

「黙れ！　イビザ侯爵、貴殿はどうして此処に拘束されているのか、理解しているのか？」

初めて私は殿下が声をここまで荒げるのを聞いたかもしれない。少し驚いた。

私と殿下は椅子に座る。対面には侯爵夫妻とミーシャ嬢だ。彼女をエスコートしていた男性には『帰っても、帰らなくても良い』と伝えたが、すぐさま帰宅したようだ。

この厄介事に巻き込まれるのは御免だと思ったのだろう。正解だと思う。

「まず、クロエへの不躾な言動。これは不敬罪にあたる。これについての罰則は……」

「で、殿下。私の話を精査してからにして下さい。それとも、『お飾り』だから、妃殿下に関心がなく、自由にさせているとでも言うのですか？」

段々と大きくなるイビザ侯爵の声。

侯爵は、私が不貞をしていると思い込んでいる。何故そこまで自信があるのか……

私が悪役顔だからかしら？

「侯爵。クロエとザンビエール子爵令息の間には何もないし、私は騙されてもいない。そこまで貴

殿が言うのは何か証拠でもあるのか？　まさか、噂や、伝聞だけでそう言っているのではあるまいな？」

殿下は怒気を含んだ低い声で侯爵に問う。

「しょ……証拠というか……証人がおります」

「証人？　それは誰だ？」

「それは……レスターです」

そうだと思った。隣の殿下も呆れたような目線で侯爵を見る。

するとまたもや、侯爵夫人がしゃしゃり出てきた。

「レスターは、ひ、妃殿下がその男と、口付けているのを見たと。殿下がお休みになっている二日間、ずっと妃殿下が子爵令息に秋波を送っていて、職務の後で二人が口付けていたと。その後、その者を自分の側近に据えたと言う話ではありませんか！　きっと、その者も出世に目が眩んで、拒む事もなかったのでしょうが……王太子妃として、貴女は相応しくありません！」

どんどんと大きくなる声に比例して、殿下の眉間の皺が深くなっていく。

「……うるさい。そんな大きな声でなくとも聞こえる。まず、そのレスターが見た事は……全て嘘だ。クロエには護衛が山程付いている。一人になる時間など、ほぼ皆無だ。それに、ザンビエールをクロエに付けたのは私だ。お前達にわざわざ言う必要はないが、クロエの元で勉強させたかったからだ。それに、それはザンビエール一人ではない」

殿下は静かに告げるが、その顔は無表情だ。初めて見た、こんな怖い顔。

「で、でも……レスターが……」

夫人は震える声で、まだ反論しようとするも、殿下の鋭い目線に射抜かれ黙り込む。

「レスターが何と言ったのかは知らん。知らんが、それはクロエを意図的に貶める為の嘘である事は間違いない。まぁ、何故レスターがそんな馬鹿げた事をしたのかについては、予想出来るがな。だからといって、罪は軽くならん」

「で、殿下！　私達はレスターの言葉に騙されただけに過ぎません！」

……今度は侯爵が喚く。レスターを切り捨てる事にしたのね。

「黙れ。その言葉を鵜呑みにし、夜会の場で騒ぎを起こしたのは、お前達自身だ。レスターだけに罪を擦り付けて済むと思うなよ？　それに……どんな事を誰に言われようが、クロエに対しあのような態度をとる事は許される事ではない。お前は自分達の立場を分かっているのか？」

「そ、それは……」

イビザ侯爵は、何故か私を下に見てるのよねぇ。お飾りだとしても、私は王太子妃なんだけど……馬鹿なのかしらね。

そこで、私はずっと気になっていた事を夫人にぶつける事にした。

「イビザ侯爵夫人。自分がそうだからと言って、他の人も同じように不貞をしていると思い込まない方がよろしいですわよ？」

その言葉に、夫人は真っ青になった。こんなに顔に出やすい人は不倫をするべきじゃないわね。

疑惑の種は撒いた。種は、芽吹けばどんどん花開く。その為には、水を与えなくてはね。

「侯爵夫人？　どうして何も仰らないのかしら？　レスターは、侯爵邸に頻繁に通っていたわよね？」

頻繁に通っていたなんて、そんな事実はないけどね。それに反応した夫人は顔を上げた。

「通うだなんてそんな！　それに頻繁ではありません！」

あ〜らら、レスターが訪れていた事は認めちゃったわよ？

私が気づいた事に、周りの者が気づかない訳がない。侯爵もその一人だ。

「じゃあ……お前、レスターを私が留守の間に、邸に招いていたのか？」

夫人は自分の失言に気づいたようだが、もう遅い。

「い、え……レスターなんて、うちに来ていません。何かの間違いです！」

夫人は取り乱す。その様子を見れば、ますます疑わしいと思う他ない。

「使用人に訊けば、分かる事だ。今までは口止めでもしていたか？　それとも……離れにでも呼び寄せていたか？」

『離れ』のキーワードにまたもや夫人は反応する。そこが逢瀬の場らしい。

夫人は真っ青。侯爵は真っ赤。ミーシャ様は真っ白。三者三様の顔色だ。

夫人は、「違う……違う……」と呟きながら、頭を緩く横に振る。

侯爵は、夫人を睨む。

「お前がやたらとアイツを褒めていたのは、自分の愛人だからか。夫に愛人の仕事の世話をさせるとは……私も舐められたものだ」

殿下はそれを見て、小さく溜め息を吐いた。

「侯爵家の問題は後でやってくれ。この事で全てが有耶無耶になる訳じゃないからな。クロエを侮辱した事の責任はきっちり、とってもらう。あとレスターは私の事務官を辞めてもらうが、これは別に夫人の愛人だからではないぞ。仕事が出来ないからだ。この事を指摘したのはクロエだ。だから、レスターはクロエを恨んで、夫人に嘘を吹き込んだんだろう。この事があろうとなかろうと、解雇は決まっていた。自業自得だ」

殿下が言うと、ミーシャ様が泣き崩れた。

「ひどい！　こんな事になるなんて。もう、殿下に選んで貰えないじゃない！」

こんな時まで、自分の心配……。殿下がどのような罰を下すのか分からないが、今日の夜会には主要な貴族は殆んど出席していた。きっと、イビザ侯爵家は今後、社交界で爪弾きに合うだろう。侯爵位を保てるかも怪しい所だ。

自分の心配より、領地や領民と今後の生活を心配した方が良いと思うのだが、本当に恋は人を愚かにする。

「殿下！　私は、妻の言葉を信じたに過ぎません！　悪いのは、妻とレスターです。夜会で騒動を起こした事は謝罪いたしますので、どうか……どうか処分については温情を頂きたい！」

イビザ侯爵は頭を下げているが、そもそも、そんな馬鹿みたいな話をきちんと確かめもせず、あんな場で話す事が既に罪なのだ。

それにしても、何でそこまで私が憎いのかしら？　娘を殿下の妃にしたかったから？

でも『お飾り』よ？　仕事をして、必要な社交をして……本当に推しが側にいなきゃやってらんない役割なのに、そんなにこの地位が欲しいのかしら？

私と同じような疑問を持ったであろう殿下が、侯爵の顔を覗き込むように見ながら訊ねる。

「レスターがクロエに逆恨みしているのは分かっているが、侯爵……何故お前はそこまでクロエに突っ掛かるんだ？」

すると、隣から、吐き捨てるように夫人が叫んだ。

「この人は！　ずっと……学生時代から妃殿下の母親……オーヴェル侯爵夫人に懸想してたのよ！でも、向こうには婚約者がいた。自分は指を咥えて見てるだけ。横からかっ拐う勇気もないくせに、一丁前に嫉妬ばかりして。情けない男！」

何？　どういう事？　私の母親を好きだった、私の父親に嫉妬している……それはわかったが、で、何でそれを私に？

「うるさい！　彼女の事を言うな！　この、浮気者が！」

負けずに侯爵も叫ぶ。

「何よ！　他の女を好きな男と結婚しなきゃいけなかった私の気持ちを考えた事があるの？　あの女にも婚約者がいたかもしれないけど、貴方にも婚約者はいたのよ！　ずっと、婚約者なのに疎まれて、夜会にいっても他の男のモノになった女を、未練がましく目で追う男の横で微笑まなきゃいけなかった私の気持ちが貴方にわかるの⁉」

夫人は泣き始めた。

そこに、床に泣き崩れながら、しゃがみ込んでいたミーシャ様が、「もうやめて！」と更に激しく泣き始める。……もう、カオス。

そのような状況に、殿下が呆れて言う。

「……もう良い。イビザ侯爵がオーヴェル侯爵夫人に懸想していた事も、それに侯爵夫人が心を痛めていた事も分かった。分かったが、それが何なのだ？　クロエには全く関係ない話ではないか」

「あの男にそっくりな妃殿下を見ると虫酸が走るのです」

イビザ侯爵は声を絞り出すように答えた。

確かに、私は父親似よ？　それは自他共に認めるところではあるけど、だからって、私をそこまで毛嫌いする？

すると、さっきまで号泣していたミーシャ様が立ち上がった。

髪は乱れ、顔は涙で化粧もぐしゃぐしゃ。お世辞にも『綺麗ですね』とは言えない様相でゆらりと立ち上がる様は、ゾンビのようだ。この国にゾンビは居ないけど。

「お父様もお母様も、自分勝手だわ。私はどうなるの？　ずっと殿下をお慕いしてきたのよ？　側妃でも良い、二番目でも構わないからお側に置いて欲しいと願っていたのに！　お父様！　自分に任せとけって言ったじゃない！　あんな男の娘より、私の方が殿下に相応しいって言ったじゃない！　お母様だって、あの女の娘なんかに絶対負けないって言ったじゃない！　私は、殿下に選ばれたかった！」

……物凄い愛の告白ですわね。

しかし……ある意味似たもの親子ですわよね。愛だの恋だのが自分の原動力になってるところなんて、そっくり。

確かに私の原動力もマルコ様ですけど……あれ？　私も一緒かしら？

その重い愛の告白を、一方的に聞かされた殿下のお顔。女性に好きだと言われた人の顔とは思えない程に歪んでおります。

これ以上ないぐらいの不快感を滲ませていますわね。さて、殿下はどう答えるのかしら？

「イビザ侯爵。お前の娘だけは側妃には選ばん。私の妻を侮辱した罪、三人で受けて貰おう。もちろんレスターもだ。沙汰は追って知らせる。娘を連れて今日は帰れ。しかし、王都から出ようとするなよ？　逃げようとすれば、処分は益々重くなる。わかったか？　分かったらもう出ていけ。三人とも、二度と私に顔を見せるな。不愉快だ。では、さっさと行け。近衛！　外に摘まみ出せ！」

……本当に、ご自分の色恋以外はきっちりと判断できる方ですこと。嫌味じゃないわ、本心よ。

三人が騎士達に引きずられるようにして部屋から出た後、殿下は大きな溜め息をついて、私に手を差し出した。

「クロエも今日は疲れただろう。もう帰って休むと良い」

私はその手を取って立ち上がると訊ねる。

「殿下はまだお戻りになりませんか？」

殿下も相当お疲れだろう。

「私はもう少し後始末をしてから戻るよ。リッチ、クロエを頼む」

そう言うと、殿下は私をマルコ様に預けた。

私は殿下に、「あまりご無理をなさいませんように」と伝えて、マルコ様とその場を後にした。


部屋に着いた私はグッタリしていた。

レスターとイビザ侯爵夫人がデキてるとは思わなかったが、カマをかけてみて良かった。真実は小説より奇なりだ。

私の母親は確かにその昔、社交界の華と呼ばれる程の美しさだったようだが、今の彼女は、とにかく自分を着飾り、自分が話題の中心になる事に命をかけているような女だ。その性質は今も昔も然程変わっていないだろう。可憐なのは見た目だけだ。

しかし、そんな女に骨抜きにされた男が少なくとも二人居る。私の父親と、イビザ侯爵だ。

結局、男っていうのは見た目重視という事なのか。

私は今世の自分の姿形は気に入っているが、母に似た妹の方が男受けは良いだろうな……と思う。

長椅子にぐったりともたれ掛かる私を、ナラが労わってくれる。

「さぁ、お疲れでしょうが、ドレスを脱いでしまいましょう。シワになってしまいますわ。それと、すぐに湯に入れるようにしておりますが、いかがいたしますか？」

「ドレスを脱いだら湯浴みをするわ。夕食も食べてないけど、疲れすぎてお腹は空いてないみたい。湯浴みの後は少し早いけど、休ませて貰おうかしら」

既に心の中では寝台にダイブする自分の姿で一杯だった。

湯浴みを終え、着替えてから、髪の毛を乾かして貰っていると、マルコ様がライラ様からの手紙を持ってきた。

そう、今日の夜会で、陛下と控え室に下がってから、閉会宣言の為に陛下と再び姿を表した時、何故かライラ様の顔色が優れない事が気になってはいたのだ。イビザ侯爵の件ですっかり頭から抜け落ちてしまっていたが、改めてあの時のライラ様を思い浮かべて、心配になった。

手紙は要約すると、夜会を労う言葉と、明日のお茶のお誘いだった。

……ライラ様は何か私に話したい事があるのだろう。

私は是の返事を護衛に持たせると、ライラ様と陛下の今日の様子に思いを馳せた。

陛下は本当に楽しそうにライラ様と踊っていたと思う。周りがあれを見れば、陛下とライラ様が想い合っていると疑う余地はないだろう。あれが演技なら、二人とも物凄い役者だと思う。

事情を知っている私でさえ、仲睦まじく見える時があるのだ。……うーん。私は人を見る目がないのだろうか。

翌日、朝食に現れた殿下には疲労が色濃く出ていた。私は、覇気のない殿下に声をかける。

「殿下。昨日はお疲れ様でございました。先に戻らせていただいたおかげで私はゆっくり出来ましたが、殿下はあの後もお忙しかったのではないですか？」

「あぁ。あれから、イビザ侯爵の処罰について陛下に報告に行って許可を得て来たんだ。意外と時間がかかってしまってね。クロエが気になる程、私の顔には疲れが出ていたかな？」

「そうですわね。確かにお疲れのように見えますわ。今日の執務で何かお手伝い出来る事があれば、すぐに仰(おっしゃ)って下さい」

「ありがとう。クロエは優しいな」

殿下は少し笑顔になった。そんな殿下の元に護衛から報告が上がる。

「殿下。ロッテン子爵令嬢様は今日の昼には後宮へお戻りになるそうです」

「……意外と早いな。ロッテン子爵領に一度戻ったのではなかったのか？　ゆっくりするように伝えていたのだが？」

「……それが、どうも夜会の後は、王都の宿にロッテン子爵夫人と共に宿泊されたようです。宿泊先をお調べいたしますか？」

「いや、その必要ない。では、後宮にはそのように伝え食事の準備をしておくように」

……愛しい人が戻ってくるというのに、殿下は何故か渋い顔だ。相当お疲れなのね。

私と殿下はその後も昨日の夜会について少し話しをして、食堂を後にした。


私は午前中執務をこなした後、ライラ様の元へ向かう。

昨日少し元気のなかったライラ様に、ビタミンCたっぷりのハーブティーの茶葉と、ライラ様の好きな菓子を手土産に、サロンを訪れた。

「クロエ。ごめんなさいね。昨日の今日で疲れているところ」

「いえ、とんでもございません。実は昨日、顔色が優れなかったように見えたので、心配していたのです」

「あら……顔に出ていたかしら。私もまだまだね」

ライラ様はうっすら微笑んでみせたが、やはりどこか元気がない。

「ライラ妃陛下。どうされましたか？　何か私に話したい事がおありのように見えますが……」

そう言うと、ライラ様は話を切り出した。

「実はクロエにお願いがあるの」

……なんとなくだけど嫌な予感がするのは、私だけかしら？

「実は昨日、控え室で陛下にルネの事を話したの。私に面会を求めている事、そしてその面会の目的も」

「そうでしたか……それを聞いてなんと？」

「私とルネの面会に自分も同席したいと言ってきたわ。ここ数年、ソーマ前伯爵が体調を悪くしてから、ルネも夜会には出てなかったの。久しぶりに会いたいんじゃないかしら？」

……なんだか、ライラ様は投げやりな感じだ。

「ライラ妃陛下。では、ルネ様と面会を？」

「ええ。一週間後に時間を作る事にしたわ。今朝、ルネにはそう返事をしたところ。きっと、喜んで来るでしょう。陛下の同席については、知らせていないけど」

「一週間後ですか……」

「ええ。最近は陛下の体調も良いし大丈夫でしょう。……私ね、陛下がルネを愛妾に迎える事になったら、一人で北の離宮に移ろうと思っているの」

「北の離宮ですか？」

北の離宮はその昔、王族で罪を犯した者を幽閉していた建物だ。そんな所にライラ様を押し込めて、ルネ様を愛妾に迎えたりすれば、陛下は臣下や国民から何と言われるのか。

「そう。陛下が退位した後は東の離宮に移られるわ。ルネとはそこで暮らせば良い。なんなら私も王妃様のように療養という形にしようと思って。そうじゃなきゃ、姉が側妃で、妹が愛妾なんて異常な状況を臣下に納得してもらえないでしょう？　私を想うあまり似ている妹のルネを愛妾に迎えた事にすれば良いわ」

「でも、北の離宮とは……」

「あそこに犯罪を犯した王族を幽閉したのは、もう随分と昔の話よ。もう何十年もそんな使い方はしてないわ。それに、幽閉にはあそこにある塔を使っていたの。北の離宮だからといって牢獄のような場所ではないから安心して？」

ライラ様はやはり微笑んでいるのだが、顔色はあまり良くない。

「それを陛下がお許しになるでしょうか？」

「南の離宮は、他国の王族の方々の滞在に使用するから使えないもの。北しか空いてないし、私はそこについては、何も気にしていないのよ。それに、陛下も最近は体調が良いとはいっても、いつどうなるかわからないわ。最期の時ぐらい、人生で唯一愛した人と共に在るべきだと思うの」

「ライラ妃陛下は……陛下がルネ様を愛妾にお迎えになると確信を持っていらっしゃるのですか？」

「そうね。確信とまでは言えないけど、きっと……ね」

やはり釈然としない。そして嫌な予感が増した。

「そこで、クロエにお願いなんだけれど……その面会にクロエも同席して欲しいの」

……ほら〜嫌な予感的中。

「私がその席に同席を？　それは……私は構いませんが、いささか場違いな気もするのですが」

「貴女が困惑するのは理解できるんだけど、これは陛下からのお願いなの」

「陛下から？　それはまた……何故でしょうか？」

……私はほとんど陛下との交流はない。行事がある時ぐらいなものだ。その陛下がそんなプライベートな面会に何故私を立ち会わせたいのか、わからない。

ライラ様が心細いから一緒に、と言うなら、嫌だけど気持ちは分かるし、半ば予想していたけれど。

「私も理由はわからない。でも、クロエに私と陛下の事実を話している事は、私から伝えてるの」

「その事について、陛下は？」

「『そうか』って。それだけ」

「でも、私がその場にいて、ソーマ前伯爵夫人は、お気持ちを話す事を躊躇われるのではないでしょうか？　私は部外者ですし」

「あの子なら、心配いらないと思うわ。元々そんな事すら気にしない子だもの」

……ルネ様の為人を良く知るであろうライラ様が言うなら、そうなのかもしれないが、出来れば同席したくなかった……

「ライラ妃陛下は、どうお考えなのですか？」

ダメ元で訊いてみる。ライラ様が嫌がれば、私に断るチャンスがやってくるかもしれない。

「私？　私はクロエがいてくれれば心強いわ。ほら、前も言ったでしょう？　男は頼りにならないって」

……チャンスは巡って来ませんでした。

「そういう事でしたら、同席させて頂きますわ」

私が言うと、ライラ様はホッとしたように微笑んだ。


私がライラ様の所から、自分の執務室へ戻っていると、殿下が向こうからやって来た。

「クロエ。今から例の『贅沢税』について議会で話し合ってくるよ。折角のクロエの提案だ。形になるよう頑張ってくる。あとセドリックを一時借りるからな」

「はい。どうぞどうぞ。議会の承認が得られるよう祈っております」

「反対派の筆頭だった、イビザ侯爵はいないからな。少し気が楽だよ」

前世でもあったように酒税や、煙草税のように、嗜好品に税金をかける事を私は提案していた。

もちろん、高い物にだけだ。これで影響が出るのはほとんどが貴族だから、反対派は少なくはない。

出来ればここで殿下には頑張ってもらいたい。

セドリックはこの案を私と一緒に纏めてくれた。そのセドリックも議会に殿下と共に参加するなら、私も安心出来る。

私は、議会に向かう殿下とセドリックの背中を見送った。


そして今日は、いよいよライラ様とルネ様の面会日だ。

私と、ライラ様と陛下。

私は二人よりやや下がった位置に腰かけている。なんだろう……本当に立会人って感じ。

完全な非公式の面会にわざわざ陛下と、王太子妃である私が同席するなんて……ルネ様は驚かないだろうか？

程なくして、ルネ様の到着が告げられた。

部屋に入って来たルネ様の姿に驚愕する。

まだソーマ前伯爵の喪中であった筈だが、深紅のドレスに身を包み、顔も濃いめのメイクで、年齢を隠すように厚く塗られていた。ライラ様と似ていると言われていたが、今の二人はあまり似ているようには思えなかった。陛下とライラ様の表情は私からは見えないが……

すると、二人が口を開く前に、先にルネ様が話しかけてしまった。

「陛下！　まぁ〜私に会いたいと思って下さったんですの？　嬉しいですわ！」

ライラ様はすかさず咎めるも、ルネ様はどこ吹く風だ。

「ソーマ前伯爵夫人！　無礼ですよ！」

「今日は非公式な場でしょう？　固いこと言わないでよ、姉さん」

「まぁ、良いではないか。とりあえず、話を聞こう」

陛下の言葉に、ライラ様は渋々ながら、ルネ様に話をするよう頷く。

「手紙にも書いたように、私は自由になったんです。夫とは完全な政略結婚で、そこには愛なんてなかった。だから、自由になった今、私の愛を取り戻しに来たのです。姉さん、今まで、私の代わりを務めてくれてありがとう。これからは、私が陛下を支えるわ。お疲れ様！」

ルネ様は、まるで歌劇のヒロインの台詞のように語り始めた。私なんて、見えていないかのように、自分の気持ちを語っていく。どれだけ自分が陛下を愛しているのか。そして、陛下も今だ自分を愛してくれている筈だと。

その話の中にちょこちょことライラ様を見下す発言があるのがイラつくが、私は口を挟める立場ではない。

陛下も、ライラ様も黙ってルネ様の独り語りが終わるのをじっと待っているようだった。

ひとしきりルネ様は話終えると、陛下を見て微笑んだ。顔は上気しており頬は赤い。その目は、陛下が間違いなく自分を選ぶと確信を持っているようだ。

……その自信はどこからくるのだろう。

私はライラ様の今までの努力を思うと、やるせない気持ちになってきた。モヤモヤする。

ライラ様は、直球で質問を投げ掛けた。

「ソーマ前伯爵夫人。で、結局貴女は陛下とどうなりたいの？　手紙に書いてあったように愛妾をお望みかしら？」

「女の口からそうはっきりと言えませんが……ねぇ？」

流し目で陛下の顔を見るルネ様。

うーん……なんとなく、その仕草や佇まいが娼婦を思わせるのだが……これを魅力的だと殿方は思うのだろうか？

流し目で見られた陛下は、ルネ様に問う。

「なるほど。そうか。ソーマ前伯爵の喪も明けておらんのに、わざわざ此処まで足を運び、私の妾になりたいと、そう申すのか？」

その声色は喜んでいる風ではないのだが、何故かルネ様は嬉しそうだ。

「一刻も早く、貴方の元に来たかったの！　昔のように『ルネ』と呼んで？　これからは、私が陛下をお慰めするわ」

真っ赤に塗られた唇が弧を描く。なんだか寒気がするのは、私だけ？

すると、陛下は静かに話し始めた。

「何を勘違いしておるのかわからんが、私には妾は必要ない。これまでも、これからも」

その言葉に、この場にいる女全員が、多かれ少なかれ驚く。私もだ。

「確かに、私は学園時代、そなたに恋をしていたと思う。初恋だったのかもしれんな。それは否定はしない。だが、私は幼かった。成人をしている身でありながら、情けない事に、私の行動が周りにどれ程の影響を与えるのか考えていなかったよ。その事がライラ、お前を一生、私の側に縛り付ける事になってしまった。……申し訳ない」

陛下は、隣に座るライラ様の手を握り、謝罪した。頭こそ下げてはいないが、その様子にライラ様の目は驚きで見開かれている。

「陛下……」

ライラ様は呟くも、その後の言葉は続かない。

「ライラが側妃に選ばれたのは、学園時代の間抜けな私の責任だ。申し訳なく思ってはいたが、どこか他人事のように感じていた。デイビットが生まれるまで、私は良い夫ではなかっただろう。しかしな、ライラには感謝していた。私の妃は、全てを放棄し、その全てがライラの肩に重くのし掛かった。それなのに、そなたは文句も言わず、黙々と勉強し、夜遅くまで努力していたな」

「陛下……ご存知だったのですか？」

「もちろんだ。しかし、それに対しても私は感謝こそすれ、口に出して礼を言う事はなかった。本当にダメな夫だよ、私は。しかし、ライラが命懸けでデイビットを産んでくれた時に、私は自分の気持ちに気づいたのだ。ライラはあの時、二人目をと望んだな？」

「はい。王子一人では、周りからも不安視されるだろうと思いました。陛下にとってもその方が良いと」

「そうだ、お前はそう言った。しかし、私はそれを拒んだ」

……拒んだ？　それは初めて聞く話だ。デイビット殿下を産んだ時、難産だったとは聞いたが。

「はい……よく覚えております」

「それは、デイビットの時にそなたを喪うのではないかと思ったからだ」

「デイビットが……難産だったからでしょうか？」

「あぁ、そうだ。ライラを喪うかもしれないと思った時、恐怖で震えた。だから、もう子は必要ないと、そう思ったんだ。ライラを喪うぐらいなら、子など……もういらないと思った。王としては失格だろうがな」

……もしかして、陛下はライラ様を大切に思っていたの？

陛下の話は続く。

「しかし、周りは私達をそっとしておいてはくれない。私がライラの体が心配だと言えば、他に側妃を持てと言ってきた。断っても、断っても自分の娘を側妃にと推す貴族から、お前の悪口を吹き込まれる。『二人目を持てぬ側妃など捨ててしまえ』と。誰もお前の努力を見ようともしない。しかし、それはお前から見れば、私も同じだった筈だがな。自分だけはライラ……お前を理解しているつもりでいた。礼を言った事もないのに」

ライラ様は陛下の言葉を黙って聞いている。流石に、ルネ様も口は挟まない。いや、陛下に拒否されて、ショックで何も言えないのかもしれない。

「悩んだが、ライラの他に側妃を持つなど、耐えられなかった。だから、そなたと次の子を作る事にしたのだ。ライラの体を心配しているくせに、自分が側妃を持ちたくないと言うエゴを通したのだ。ありがたい事に、アレクセイの時は、比較的安産であったから、ホッとしたよ。もちろん、産む苦しみはあっただろうから、ライラには心から感謝した」

「アレクセイの時には、陛下は私に『ありがとう』と声を掛けて下さいましたわ。二人目は要らないと言われていたので、産んで良かったのだと安堵した事を覚えております」

「私はいつも言葉が足りないな。デイビットの時だって感謝していたし、二人目を拒んだ理由をちゃんと話しておくべきだった。しかし、二人目が出来て……ライラは閨を拒むようになった。私はもう、ライラに必要なくなったのだと感じたよ。でも、それを訊くのは怖かった。それから、ライラに触れる事も怖くなってしまった」

「それは……」

ライラ様は固まってしまった。

「いや、いいんだ。私がライラに想われていない事は分かっていた。私だって、ずっと自分の気持ちをライラに伝えてこなかった。最初は確かにお互い仕方なく一緒になったかもしれない。ライラには選択肢すらなかっただろう。しかし、この二十数年というう年月は私にとって大切なものだ。ライラにとっては、辛く大変な事ばかりだったろう。デイビットを亡くした時も、私は丁度忙しく、お前の側に居てやれなかった。だが、この年月の積み重ねは私の財産だ。ライラ、私はお前を愛している。ライラを想う気持ちは『恋』ではなく『愛』だ」

陛下を見つめるライラ様の目に光るものがある。

「私は、ずっとルネの代わりだと思っておりました。二人目を拒まれた時には、特にそう考えました。辛くなかったと言えば、嘘になります。しかし、臣下としてお支えするのに、私の感情など邪魔なだけだと思っておりましたが……私にとっても、この二十年は、陛下を特別に想うのに、十分な時間でした」

……うん？　どういう事？　ライラ様も陛下を好きって事？　嘘!?

確かに、陛下がルネ様を選んで、ライラ様を蔑ろにするなら、一言文句を言ってやろうと思ってたわよ？　でも、この展開は全く予想していなかったわ。

「ちょっと！　私を無視しないでよ！」

我に返ったのか、いきなりルネ様が声を上げた。

陛下とライラ様は共に手を取り合い、見つめ合っていたが、ルネ様の方へ二人して、顔を向けた。私からはその表情は見えないが。

「なんだ……そうか、まだいたのだな。さっき私の返事は聞いたであろう？　妾はいらない。私はライラだけで良い。ソーマ前伯爵を偲び、夫人はゆっくりと過ごされよ。出口はあちらだ」

陛下が扉を指し示した。すっごく邪魔くさそうに聞こえる。

「な、ちょっと！　私はルネよ？　私の事、好きだったでしょう？　思い出してよ！」

ルネ様は陛下の愛妾の立場を諦めきれないようだ。

「私の言葉が聞こえなかったかな？　私が愛しているのはライラだけ。夫人は不要なのだよ。わかったら、さっさと出て行って貰えるか？」

陛下が溜め息混じりでルネ様へ言葉をかける。

ライラ様も、陛下と手を握りあったまま、ルネ様を諭す。

「ルネ、貴女には、貴女の家庭があるでしょう？　戻るべき場所に戻りなさい」

それが火に油を注いだのか、ルネ様が声を荒げる。

「何よ！　姉さんなんて、頭でっかちで女として何の魅力もないじゃない！　私はもう自由なの！　でも、それにはお金が必要なのよ。姉さんは今まで、側妃として散々贅沢してきたでしょう？　私に譲ってくれたっていいじゃない！」

「黙れ！　ライラを侮辱するな。ライラはいつも慎ましく、身分を笠に着たこともない！　それに……結局はお金が欲しい。それが本音だろう？　浅ましい女だ」

陛下はかなり辛辣だ。隣のライラ様もそんな陛下に驚いている。

陛下はそんなライラ様を見て、「驚いた顔も可愛いな」とライラ様の頬を撫でた。

……完全に２人の世界だ。このままだと、口づけでもし始めかねない。

流石のルネ様もこれには声を荒げて、叫んだ。

「なんなの!?　２人して！　じゃあ、もういいわ！　なら、私を殿下の愛妾にしてちょうだい！」

へ？　今、聞き捨てならない言葉が聞こえた気がするんですけど？　殿下？　もしかして、アレクセイ殿下の事ですか？

皆が私を一斉に見る。今の今まで、私の存在なんて、皆様忘れておりましたよね？

私だって、何故自分が此処に居るのかわからなくて、既に此処にある置物と化してましたわよ。

私が口を開く前に、ライラ様が我に返った。

「ルネ！　貴女、自分が何を言っているのか分かっているの!?　アレクセイは貴女の甥ですよ？」

ですよね〜。自分の妹が自分の息子を狙ってるって……想像すると、ちょっと。てか、なりふり構わな過ぎじゃない？　自分を庇護してくれるなら、誰でも良い訳？

「陛下がダメなら後は息子しかいないでしょう？」

「……何とも下品な女よ。誠にそなたは、ライラの妹なのか？　もう二度と顔を見せるな。王宮への立ち入りも禁ず。良いな？　衛兵！　この者を外へ！」

「だって、そこの女は、お飾りなんでしょう!?　なら、殿下をお慰めする役目が必要よ」

私に指を指すルネ様。

……凄いな。そりゃソーマ伯爵も義理の母とは言え、離れに閉じ込めたくもなるわよね。

私は立ち上がると、ルネ様の前に行った。とどめをさすためだ。

「たとえ、溜まりに溜まってても、貴女に慰めてもらわきゃならない程、殿下はお困りではないの。それに、貴女に欲情する殿方がいるの？　もし居るなら連れてきて下さる？　ああ！　もう王宮には立ち入り禁止でしたわね。ざーんねん。そんな奇特な方がいらっしゃるなら、見てみたかったのに」

私は口を扇で隠し、にっこりと笑った。

殿下も女の趣味が悪いけど、陛下もなかなかね。昔は可愛らしかったのかもしれないけれど、見る影もないわ。真っ赤になって震えている。

ふん。私、売られた喧嘩は買うタイプなのよね。

「本当にライラ妃陛下と似ても似つきませんのね。知ってます？　女が美しく歳をとれるかどうかは、夫によって決まりますのよ？　あぁ、お金の問題ではありません。心の問題ですの。もちろん、お金を掛ければ美しくなれるでしょうが、内面から滲み出る美しさは、夫に愛されていると言う自信ですわ。……ソーマ前伯爵は、夫人を愛していらっしゃらなかったのでしょうね」

そう私が言うと同時に、衛兵がルネ様を部屋の外へ引っ張って行く。

「覚えてらっしゃい！　あんたなんか、殿下に見向きもされないで、老いていくのよ！」

最後まで、ルネ様は喚いていたが、部屋の外へ出され扉が閉まると、一気に部屋の中に静寂が訪れた。

さすがに両陛下の前で、失礼過ぎたかしら？　と私が心の中で反省しながら、ソロソロと両陛下の方を振り返る。

「クロエ。そなた……凄いな」

陛下……その『凄い』はどんな意味？　感心してるの？　呆れてるの？　どっちの意味かで、私の立場が非常に危なくなるんですけど？

「両陛下の御前で、見苦しい所をお見せいたしました」

私が謝罪を口にすると、ライラ様が嬉しそうに手を叩いた。

「すっごくスカッとしたわ！」

あれ？　これって良い方向？

陛下も顔をしかめているが、私に対するものではない。

「ソーマ前伯爵も、あれじゃあ大変だっただろう。私も若く、未熟だったとは言え、あれを好ましく思っていた時期があったとは……いや黒歴史だな」

ここで、私はずっと疑問だった事を陛下に訊ねる。

「陛下……何故この席に私をお呼びになったのでしょうか？」

「あぁ。ライラがよく、クロエに申し訳ないと言っておってな。気持ちの伴わない結婚……きっと、クロエと自分の姿を重ね合わせる事も多かったように思う。しかし、共に長い時間を過ごすというのは、そんな簡単なものではないのだ。私の気持ちを今日はライラに伝えるつもりでいたから、それをクロエにも見届けて貰いたかった。人の気持ちは変わるのだと。しかし、すまなかったな、最後に嫌な思いまでさせてしまった」

うーん。私と殿下もこれからどうなるかわからないって事？　しかし私達とは、状況が違いすぎて参考にはならないように思う。

……でも、まぁ、ライラ様が幸せそうなので、もう何でも良いか。

夜会で暗い表情だったのも、きっと陛下がルネ様を選ぶとライラ様が思い込んでいたからだろう。

そう考えて塞ぎ込むという事は、ライラ様は少なくとも以前から陛下を好きだった事の証だ。もしかしたら、ご本人も気づいていなかった気持ちかもしれないが。


その面会の夜。殿下に呼び出された。

「今日は執務ではなかったのか？」

殿下に訊ねられるが、面会の事は言えない。

「はい。ライラ妃陛下とお約束があったもので」

「そうか。私が今、セドリックを借りているから、仕事に支障が出ているのではないかと思って」

「いえ。その代わりあの二人がしっかり仕事をしてくれていますから」

私はブレットとユージーンの顔を思い浮かべた。

あれから、レスターは解雇され、王太子妃である私を悪意を持って貶めたとして、実家へ罪状を通達した結果、平民に落とされたらしい。

嫡男ではあったが、歳の離れた弟が居た事で、実家の動きは素早かった。

イビザ侯爵は、子爵へ降格。領地の半分を王家に献上した。夫人とは離縁し、夫人と娘のミーシャ様は修道院へ入ったと聞く。

私はお飾りでも王太子妃。その私への暴言。罪は決して軽くはなかった。

「あの議題は通りましたか？」

私はあの『贅沢税』について訊ねてみる。

「ああ。なんとか、今日採決がおりた。それをクロエに報告しようと思って執務室を訪ねたんだが、不在だと言われてな」

「午前中は市井の視察、午後からライラ様とのお約束があったので、今日は一日席を外しておりましたの。ご足労をおかけして申し訳ありません」

「いや、別に今日じゃなくても良かったんだが、クロエが喜んでくれるかと思ってな」

「もちろん嬉しいですわ。国民にはあまり負担を増やしたくはありませんが、今後考えている事業には、財源の確保が必須でしたから。それなら、お金のある所から出して頂きませんとね」

「そうだな。反対もあったが上手くいった。実は、もう一つクロエに話があったんだ」

「お話？　何ですの？」

「結婚して、もう少しで四ヶ月程だ。その……新婚旅行に行かないか？」

「へ？　新婚旅行？」

「あぁ。社交シーズンも終わるし、今は陛下の体調も良い。少しなら執務を離れても差し障りはないだろう」

「殿下のお時間が大丈夫なのであれば是非。……で、どちらまで？」

「カイエン領に行ってみないか？　あそこは海があって大きな港町だ。それに温泉があるらしい」

前世日本人の私は、温泉が大好きだ。

お風呂は湯船に浸からなければ入った気がしない。

「温泉！　それは興味深いですわ」

「そうか。では決まりだな。そう言えば、茶会を開くと聞いた」

「はい。あと五日程ですが」

「なら、十日後にでもするか。準備を進めよう」

「早くないですか？　皆が大変なのでは？」

「実は……少し前から準備は進めていたんだ。クロエを驚かせたくて」

少し照れた顔で話す殿下はとても可愛らしかった。

しかし何故かマルコ様は不機嫌そうで、その理由は自室に戻ってから分かった。

「新婚旅行ですか……。前もって準備をしていたと殿下は仰(おっしゃ)ってましたが、私は何も聞いておりません」

「マルコに喋ってしまったら、私にバレると思って、黙っていたのではないかしら？　マルコは口が固いのにね」

「クロエ様に黙っている事は出来ませんから、そう思われていても仕方ないとは思いますが、なんとなく腑に落ちません。私はクロエ様の一番近くでお守りする立場です。明日にはちゃんと、旅程を確認させて頂かないと」

私は笑って言うも、なんだか、マルコ様はプリプリしている。

「マルコが側にいてくれるから、安心よ？　いつもありがとう」

「クロエ様の側を離れるつもりはありませんから。旅行中もきちんとお守りいたします」


しかし、翌朝の朝食時、マルコ様を置いていってはどうかと殿下に言われてしまった。

「え？　マルコを置いていくのですか？」

「あぁ。旅行ではたくさんの近衛が付いてくるし、リッチもいつもクロエの側にずっと付き添っているんだ。たまには休暇をあげたらどうかと思って」

確かに、マルコ様は私が休暇を与えると言っても、いつも『必要ない』の一点張りだ。

たまの休暇も、丸一日私から離れる事はなく、半日ぐらいで戻ってきてしまう。

私としては、マルコ様とずーっと一緒にいたいので、願ったり叶ったりなのだが、端から見ても、私はマルコ様を酷使しているように見えているのかもしれない。

それなら、この旅行中ぐらいマルコ様をゆっくり休ませてあげた方が良いかもと私が考えていると、私の後ろのマルコ様が殿下に声を掛けた。

「殿下。失礼ながら私から一言よろしいでしょうか?」

「何だ? 構わん、話してみろ」

「私はクロエ様の専属騎士です。私のいるべき場所は、クロエ様のお側。たくさんの近衛がいるとは言え、実際に何か有事があれば、彼らがお守りするべきは殿下です。クロエ様はどうしても二番目。しかし、私にとっては何を置いてでも守るべき最優先はクロエ様です。クロエ様に何かあってからでは遅いのです。そこをどうかご理解頂きたい」

……推しにこんな風に言われて嬉しくない人いる?

私は思わずにやけそうになる頬を必死で耐えるが耐えきれなくなり、咄嗟に俯いた。マルコ様にそう言われ、殿下は私に判断を預けた。

「確かに、リッチはクロエの専属だ。お前を連れて行くかどうかは、クロエの判断に任せよう。しかし、休みなく働いて疲労の溜まった頭と体では、咄嗟の判断にもミスが出る。クロエ、そこは良く考えるんだ。どちらがリッチの為に良い事なのかを」

朝食はそのあと無言のまま終了。なんとなく重い空気のまま、私は食堂を後にした。

ふぅ。マルコ様は殿下の言葉で不機嫌そうだ。何とか明るくなる話題はないものか。

私があーでもない、こーでもないと考えているうちに執務室に着いてしまった。

扉を開けるとそこには、セドリックの姿。

「あら、セドリック様こちらへ戻って来られましたの？」

「一応、税の一件が片付きましたのでね。今度はこの前妃殿下が提案して下さった、教育についての法整備に取り掛かりたいと思いまして」

にこやかに私に言うと、私の後ろのマルコ様を見て、表情を変えずに問いかけてくる。

「おや？　今日はリッチ殿のご機嫌が悪いようだ。何かありましたか？」

マルコ様の不機嫌さが露見しちゃってる。そんな分かりやすいのかしらマルコ様って。

「別に何も。さぁ、クロエ様こちらへ」

不機嫌ながらも、私を椅子までエスコートするマルコ様。

セドリックはその様子を面白がっているようだが、それ以上は何も言わなかった。

私も真剣に考えなくてはならない。

殿下の言う事はもっともだと思うが、マルコ様の気持ちも嬉しかった。

私としては長い旅行中、ずっとマルコ様に会えないなんて、辛すぎる。ほぼ毎日マルコ様が側にいると言う幸せに慣れきっている自分に呆れるが、この幸せは手離せない。

慣れ切っているといえば。

「セドリックがこちらへ戻って来たなら、あの二人を殿下にお返ししなくてはね」

私はブレットとユージーンについてセドリックへお願いする事にした。

二人はとてもよく仕事をしてくれた。

レスターが居なくなったおかげで、殿下の執務室も雰囲気が良くなったらしい。二人が戻っても、仕事がやりにくい事はないだろう。

二人は今手をかけている書類が終了次第殿下の元へ戻る事になった。

午後、二人は揃って私に御礼を述べに来た。

「妃殿下、お世話になりました。効率を重視した仕事の運び方を学ぶ事が出来ました。ありがとうございました」

「二人の丁寧な仕事振りは、ここの皆にもとても良い影響がありました。貴方達のように真摯に仕事に向き合う者が殿下を支えてくれていると思うと安心です。これからもよろしくね」

数日間のお礼として、二人の為に用意しておいたペンをプレゼントした。

彼らはとても恐縮していたが、私が気にする事はないと言うと、宝物の様に大切そうに小さなペンを胸に抱え、殿下の元へ戻っていった。


午後も随分と回った頃、ライラ様の遣いがやって来て、お茶の誘いを受けた。きっと昨日の面会の件だろう。

「ごめんなさいね。急に」

「いいえ。今日の仕事はほとんど終わっておりましたので」

私はライラ様の案内で椅子に腰かける。

「昨日は同席をありがとう。ルネには呆れてしまったけれど、クロエがはっきりと言ってくれたお陰でスッキリしたわ」

今日はなんだかとても美しい。陛下のお気持ちを知って、女としての魅力が増し増しになったようだ。

「もう北の離宮に引っ込むなんて事、考えないで下さいね」

「フフッ。もちろんよ。私は陛下とずっと一緒に居るわ。……きっと陛下は私を置いて逝ってしまうでしょうけど……最期の時まで一緒に居るつもりよ」

陛下の体調は最近は良いと聞いているが、病気が完治した訳ではない。

私に医療の知識があるわけではないが、少しでも陛下には長生きして貰いたい。

その為に何か出来る事があれば良いのに……と、ライラ様を見て心から思った。

やっと思いが通じ合ったのだ。両陛下の幸せな時間が少しでも長く続けば良い。

「ルネ様はあの後は？」

「陛下がかなりお怒りでね。ソーマ伯爵にルネの今後一切の登城禁止を申し伝えたの。伯爵は義母が何を仕出かしたのか問いただしたみたいね。ルネは『本当に陛下と愛しあっていたのは自分だ』と喚いていたらしいけど……かえってそれが引き金になって、療養させられたそうよ。心を病んでると判断されたみたいね。さっきソーマ伯爵から謝罪が届いて、それでわかったの」

「ソーマ伯爵にはお咎めは無しですよね？」

「もちろんよ。伯爵夫人もルネの娘とは思えないくらい、清楚な方だし、伯爵は清廉潔白を絵に描いたような人だもの。あの二人に代替わりしていて本当に良かったわね」

「それなら安心です」

会話が一区切りついたので、ライラ様も私もお茶を飲む。

ふと、そこで私はライラ様の首元に目がいった。

……。あれってキスマーク？

えっと……。もしかして、ライラ様が今日は何故か気怠そうなのも、ハーブティーが疲労回復の効果がある物なのも…もしかして原因はそれですか？

陛下、私が思うよりもずっと、ずーっとお元気そうで何よりです。

てか、さっきのしんみりした私の気持ちを返して欲しい。


「殿下？　今日もこちらで夕食を？」

あの夜会の翌日から、ロッテン様は後宮に帰ってきている筈だが、何故か毎日殿下は夕食を王太子宮で召し上がっていた。

「あぁ。今日も一緒に食べよう」

私を食堂の椅子に座らせると、自分も向かいの席に着いた。

「殿下、ロッテン様と夕食をお召し上がりにならなくてもよろしいのですか？」

「あぁ、いいんだ。セリーナ嬢とはお茶の時間を設けている。心配しなくて良い」

あの夜会の後から、殿下はロッテン様を『セリーナ嬢』と呼ぶようになった。

「すみません、余計な口出しを」

「それと……今後、セリーナ嬢が何か仕出か……困らせるような事があれば近くの護衛に託すと良い。護衛にはすぐに後宮へ閉じ込めるように言っているからな」

……閉じ込める？　殿下にしては何だか刺のある言い方だ。そう感じるのは私だけ？

「それは……」

「ある程度の淑女教育が終了するまでは後宮から出る事を禁じたのだ。もし約束を違える事があれば、無理矢理にでも後宮へ連れ戻す事になると、ちゃんと本人にも通達している。これは、母上と私で決めた事だ」

「そうでしたか。ロッテン様の教育の進捗状況は？」

「始めた頃と殆んど変わりがないと講師達には報告を受けた。今後は何と言われても、講師達を代える事も考えていない。というか、もう成り手がない。今の者達を逃すと後がないんだ。それは彼女にも理解して貰わなければならない。どうしても勉強するのが嫌だと言うなら……」

……嫌だと言うなら？

「その時は側妃候補を降りて貰おうと思う」

……殿下、それ本気ですか？

「殿下、それは……」

「側妃候補にと両陛下にお願いしたのは私だが、条件を飲んだのは、私とセリーナ嬢の二人だ。言わばこれは彼女も納得して始めた事。条件を満たさなければこの話しが白紙に戻る事も納得済みなんだ。ならばこの決定は何の不思議もないだろう？」

「確かにそうですが。一応期限はまだ二年以上も残っております。それでも……ですか？」

「あぁ。今、どうしても勉強を嫌がっている者が、これから変わるとは思えなくてな。もちろん、セリーナ嬢が心を入れ換えて、真面目に学んでくれるのなら、そのまま候補でいてもらうつもりだ。……約束だからな」

「納得されるでしょうか？」

「約束通り、セリーナ嬢が真面目に学ぶ姿勢を見せてくれれば良いんだ。そんな難しい事じゃないし、そのつもりで後宮にいる筈なんだ。でなければ、此処にいる意味はない。もちろん、学習能力には個人差がある。勉強が苦手な者には時間は必要だろう。セリーナ嬢が自分の能力に自信がないのであれば、必死になるしかない」

……確かにそうだけど……。殿下、どうしちゃったのかしら？

能力が低い事も、やる気の無さも、今までは講師や環境のせいにして、見て見ぬ振りをしてきたと言うのに。

「私はお二人の決定に従います。それに、私の役目は変わりませんもの」

「いや……その事なんだが。もし、もしも、セリーナ嬢が側妃候補から外れた場合なんだが……」

そこで殿下の側近であるクロード様が現れて、殿下に何か書類を差し出した。

「殿下、少しよろしいでしょうか？」

急ぎ、確認が必要な事柄があったようだ。殿下はその書類に目を通すと、席を立った。

「すまない。ちょっと急ぎの仕事が入ったようだ。私は先に失礼するよ。クロエは最後までゆっくり食べると良い」

「はい。殿下もあまりご無理なさいませんように。行ってらっしゃいませ」

そう言えば、さっき殿下は何か言いかけていたみたいだけれど……また今度で良いか。

私が夕食を終え部屋に戻ると、マルコ様が、「クロエ様。ご旅行の護衛の件ですが……」と訊いてきた。

私はまだ、マルコ様を連れて行くのかを決めかねていた。殿下の言う事はもっともだと思う。マルコ様の判断ミスが大きな事故に繋がる事も。

私が恐れているのは、私を庇ってマルコ様に害が及ぶ事だ。多分、私は自分が怪我をしたりする事より、マルコ様を喪う事の方が怖い。私が王宮にいる間はセキュリティがしっかりしているからまだ安心出来る。しかし、外に一歩でも出てしまえば、状況は変わってくる。

建前ではマルコ様を休ませてあげる事が正しいと分かっている。しかし……本音は離れがたい。でも、マルコ様の身体が心配なのも私の本心なのだ。

「そうね……今回は殿下の言う通り……」

「待って下さい！」

遮られた。マルコ様に遮られるのは珍しい。

「どうしたの？」

「もしクロエ様が私の事を思って休暇を与えようとしているのなら、それは間違いです。私はクロエ様の騎士なのです。クロエ様のお側に侍る事が出来ないのならば、私の価値などありません。離れればその分気になって休暇どころではない。それに、私はちゃんと休める時間は休んでいます。それでも、私の身体が心配だと言うなら、旅行の前に一日お休みを頂きます。それでどうでしょうか？　……お願いです。置いていくなんて、言わないで下さい」

いつもより必死なマルコ様に私は自分勝手ながら、嬉しく思ってしまう。

「マルコ、ありがとう。いつもそうやって私の事を考えてくれて。では、旅行の前に、二日休暇を与えます。その条件ならば、旅行への同行を許可します。それでどうかしら？」

「二日!?　一日で十分です！」

「だーめ。二日。それが無理なら、旅行に同行させる事は出来ないわ」

「……わかりました。では、二日間の休暇を頂きます。そうと決まれば、旅程を確認して参ります！」

そう言うやいなや、マルコ様は部屋を出ていった。

この時間から？　近衛達に迷惑じゃない？　と思わなくないが、私は、飛び出すように出ていったマルコ様を引き留める事は出来なかった。

明日から新婚旅行。

そもそも、私はお飾りなのだから、新婚旅行など別に必要なかったのに。温泉につられてしまった私も悪いが、そんなに殿下に気を使わせて申し訳なく思ってしまう。

王太子妃としての仕事は確かにハードだし、責任重大だ。

殿下はきちんと私の仕事を評価して下さっているし、私を疎んじる事もない。セドリックからこの結婚について聞かされた時には、殿下とは執務以外で関わる事もないだろうと考えていたし、それは覚悟の上だったのだが。予想に反して殿下との仲は決して悪くないと自負している。

しかしここにきて、新婚旅行かぁ……

ロッテン様が知ったら大変な事になりそうよね。『私がアレクの奥さんなんだから、新婚旅行に行くのは私の方でしょう!?』とか言い出しそうなものだ。

「クロエ様、ロッテン子爵令嬢様よりお手紙が届いております。……捨てますか？」

……ナラ……だから捨てちゃダメだってば。

私は受け取った手紙を開く。いつ見ても、個性的な文字だ。

手紙の内容は期待を裏切らず、想像通りだった。要約すると、殿下と旅行に行くな！って事。後宮から出るなと言われているから、今回は手紙を寄越したらしい。少しは学習しているようで良かった。

……しかし、手紙とは。証拠が残ったわ。

私は性格が悪いから、これをそのまま殿下に見せる事にしましょう。

今日も殿下は夕食を王太子宮で召し上がるらしい。

もうこれが日常だ。後宮で夕食を食べる気がないのではないだろうか。

「クロエ。明日からいよいよ出立だな。仕事の方は？」

「十日間もお休みを頂きますので、少し前倒しで仕事は済ませております。何かあればライラ妃陛下に指示を仰ぐようセドリック様には申し伝えました」

「そうか。じゃあ心配はいらないな。……たまには仕事を忘れて、楽しもう」

「そうですね。私は今まであまり王都から出る事がありませんでしたから、楽しみですわ」

「そうか。十五歳までは兄上の婚約者候補として縛り付けられていただろうし、その後すぐ、学園に通うようになったのだろう？　ここから離れる暇もなかったんだな」

「はい。なのでワクワクいたします。しかし、殿下。ロッテン様は何と仰ってますの？」

私は、手紙を殿下に見せる前に質問してみた。

「彼女には旅行の事は言ってない。きっと言えば難癖を付けてくるだろうからな」

最近、殿下のロッテン様への当たりが強い気がするのは私の気のせいでしょうか？

「まぁ……では、どなたがロッテン様に旅行の事をお喋りになったのかしら？　私、ロッテン様から、旅行をお断りするように言われましたのよ？」

「は？　セリーナ嬢が？　クロエに？　どういう事だ？」

私は殿下にロッテン様から貰った手紙を手渡した。

「こちらが今日届きましたの。ちゃんと殿下の言い付けを守って後宮からは出なかったようですわ」

「何だ、これは!?　旅行に行くのは自分の方だと!?　何を言ってるんだ？」

いつもこんな感じで、話が通じないんですよ？

「そうですわね。でも、ロッテン様にしてみれば面白くはないでしょう。かと言って、今の状況でお二人が旅行に行く……というのはいささか外聞が悪すぎますわね」

「当たり前だろう？　まだ側妃でもない者を今、後宮に住まわせているだけでも、十分外聞は悪い。何故彼女はそれを理解していないのだろう？」

前は殿下もロッテン様と同じ様に思っていた筈ですけどね。本当に最近の殿下は何かが……変だ。いや、いい方向に変わってるんだけど、学習が早すぎる。優秀な人ってこんなものなのかしら？


ロッテン様には、殿下から「旅行中も淑女教育に尽力するように」とのお達しをして貰って、私と殿下は晴れて新婚旅行へと出発した。

馬車には何故か殿下と二人きり。私は侍女として専属の三人を連れてきたのだが、三人は別の馬車に乗せられた。マルコ様は私達の馬車の横で馬に乗って付いて来ていた。

他にも盛りだくさんの護衛と、殿下の侍従。しかし、馬車には二人きり。

「楽しみだな。クロエ」

「はい。私、海を見たことがないので、楽しみです。殿下はカイエン領には？」

「あぁ、何度か陛下に連れられて。港の護岸工事の視察にも行ったたな」

「温泉には？」

「いや、温泉には入った事がないんだ。前々から温泉は湧き出ていたらしいんだが、保養地として整備されたのはここ最近だと聞いてな。クロエと行ってみたいと思ったんだ」

「海が近いのであれば、食事も楽しみです」

「そうだな。海の幸は期待できるだろう。なかなか新鮮な魚介類を王都で食べるのは難しいからな」

王都は海から離れているので、魚を食べる習慣はあまりない。

私は前世の時から魚も大好きなので、今回の旅行は食事も楽しみだ。

温泉宿といえば、料理も旨い。これが前世でのセオリーであろう。

その後、馬車の中では、仕事の話が中心だった。私の考えている事に殿下は耳を傾けてくれる。

贅沢税は、街道の整備と治水工事の予算の一部に充てる予定だ。

今は各領地の領主任せである事を国を主導に行っていく。そしてその働き手を広く募集する予定なのだ。王都だけではなく、地方で職を求めている者にも仕事を斡旋出来るようになる事も狙いだ。

それから……

「王太子妃の予算を？」

「はい。私には少し多いように思うのです。それに、殿下が側妃を持てば、そちらにも予算が必要になりますわ。なので、今からでも私の予算の一部を王宮で働く者への給与に上乗せして頂きたいのです。特に縁の下の力持ちである者達に」

「確かに予算をあまり使っていないと聞いてはいるが……」

「もちろん、王族や貴族が商品を買う事で経済は潤います。それも大切な使命です。なので必要な分まで節約するつもりはありません。一方で、私達を支えてくれている者達への評価には少し偏りがあるように思うのです。下働きの者達に……と思いまして。給金は目に見えてわかる評価ですし、意欲にも繋がりますわ」

「なるほど。では私の予算も……」

「いえ。殿下は私費を殆んどロッテン様に使用されております。殿下の予算を減らせば、殿下の自由になるお金が……」

私が言うと、殿下は押し黙った。しばらくして、ポツリと呟く。

「セリーナ嬢には私のお金で生活をさせている事を、この前きちんと話したんだ」

「そうでしたの……」

「今までは、はっきりとは言っていなかったからな。だが、セリーナ嬢は、『側妃になれば国から予算が出るのよね？　なら、それまでは仕方ないわよね。アレクはいずれは王様でしょう？　お金なんて腐るほど持ってるんだし、大丈夫だよ』って言ってたよ。クロエとは考え方が全然違う……な」

「考え方は人それぞれ。皆が同じ考え方では、気持ちが悪いですわ。ただ、その考えを理解出来るか……はそれもまた人それぞれです」

「それもそうか。私はいつもクロエの考えに驚かされる」

……私はいつもロッテン様に驚かされてますけどね。

私は曖昧に微笑んで、窓の外に目を向けた。

すでに王都の賑わいからは離れて、馬車は郊外を往く。長閑な田園風景が広がっていた。昼過ぎに出発してすでに、日が傾き始めていた。

「もう日が暮れますわね」

そう言うと、御者から、「そろそろ宿に着きます」と声が掛かった。

馬車が到着して、貸し切りの宿に案内される。私と殿下は部屋に案内されたのだが……

「こちらが、お部屋になります」

……やはり一つの部屋に案内された。

殿下は目を丸くしている。知らなかったようだ。

侍女は隣の部屋に案内され、マルコ様は向かいの部屋に、ロイド卿と共に入って行った。マルコ様からは妙な不機嫌さが漂っている。ロイド卿がそんなに嫌いなのかしら？

誰もいなくなり、殿下と二人きりになると、殿下が必死で弁明を始める。

「わ、私は部屋を二つ用意するように言っていたんだ。本当だ。今からでも、他の部屋を用意させよう」

……そんな慌てなくても……

「不仲を周りに印象付ける事を懸念したのでしょう。幸いにもベッドは二つありますし、私は何の問題もありません。殿下がどうしても、と言うのであれば、他の部屋を用意させますが……」

「いや！　何の問題もない！　クロエが嫌なのではないかと思ったんだ。しかし、寝台は二つだが……その引っ付いているぞ？　少し……離すか？」

そんな怯えないで欲しい。まるで私が襲うみたいじゃないか。

結局、殿下は二つの大きなベッドを引き離すべく奮闘していたが、あまりの重さに断念した。

「殿下……諦めて下さいませ。大丈夫です。私は殿下を襲いませんから」

「襲っ！　いや普通逆だろう」

この人、何を言ってるんだろう？

「殿下にはロッテン様がいらっしゃるではないですか」

「まぁ……そうだな」

声が小さくて聞き取り難いが、わかってくれたようだ。

「さぁ、そろそろ夕食の時間になるのではないですか？」

私が殿下に言ったタイミングで、廊下から、「夕食の時間でございます」と声が掛かった。

私達が廊下へ出ると、侍女と護衛が待ち構えている。食堂へ移動を始めると、マルコ様が横に来て、「殿下と同じお部屋だとは思いませんでした」と小声で私に話しかけてきた。

「私はもしかしたらと思っていたけど、殿下は予想外だったみたいよ。慌てていらしたもの」

「……殿下の策略ではないのですね。しかし、もし襲われそうになりましたら、大声をお出し下さい。私は廊下で待機しておりますので」

「策略って……。それに殿下がそんな事する訳がないでしょう？　殿下には、ロッテン様がいらっしゃるのだから。それと、マルコは今日はずっと馬に乗っていたじゃない。ちゃんと体を休めて頂戴。廊下の護衛は馬車組に任せるのよ？」

「いえ。部屋でうかうかと休んでいる場合ではないので。それと、クロエ様は、人から鈍感だと言われた事はありませんか？」

「何故か最近……二人から言われたけど、自覚は全くないわ」

「そうですか。いや、そのままクロエ様は何にも気付かずにいて下さい。その方が私にとっては好都合です」

私は益々訳が分からず、首を傾げるばかりだった。

夕食時、殿下は何故か上の空。何を聞いても『そうだな』しか答えない。

上の空の殿下をよそに、私は夕食もワインも堪能し、湯浴みに向かった。

廊下にはマルコ様が控えている筈だ。

出来れば体を休めて欲しかったのだが、そんなにロイド卿と同室が嫌だったのだろうか？

私も馬車に乗っているだけとはいえ、長距離の移動で、少し疲れてしまった。

湯浴み後、私が寝室に入ると殿下は既にそこにいた。

「殿下、湯浴みはお済みになりました？　何かお飲みになりますか？」

「湯浴みは済んだ、飲み物は別に……。クロエは？」

「今日は少し疲れましたので、もう休もうと思っておりますの」

「そ、そうか！　わ、私も、もう休むとするか！」

……何だか演劇のセリフみたいね。しかも棒読みだけど。

私と殿下はベッドに入る。もちろん別々のベッドに。広いベッドでは、全くもってお互いの距離は遠い。

「こ、これなら、大丈夫だな」

殿下は言った。

……やっぱり私が襲うと思っていたのかしら？　失礼しちゃうわ。


朝、いつの間にか眠ってしまった私は清々しく目を覚ました。

目を開けると、何故か視線を感じる。

パッと横を見ると、殿下と目が合った。距離はあるけど。

「で、殿下。もうお目覚めでしたの？」

「あぁ。お目覚めというか何と言うか」

私が体を起こしながら訊ねると、モゴモゴと喋っているがあまり聞き取れない。そして殿下の顔には覇気がない。

「殿下、もしかして眠れませんでしたの？」

「……そうかもしれないな」

「私、何か知らぬうちに粗相を？」

まさかとは思うが私、いびきなんてかいてないわよね？　歯軋りや寝言がうるさかったとかだったらどうしよう。

「いや！　……もしかすると、枕が変わったせいかもしれん」

殿下、意外と繊細でしたのね。なんだか、熟睡した私が図太いみたいだけど。

枕……持参すれば良かったかしら？

支度が済んで私が廊下へ出ると、これまた覇気のないマルコ様がいた。だから、休めと言ったのに。

「クロエ様、ご無事でしたか？」

「当たり前でしょう？　私は良く眠れたわ。でも、殿下はあまりお眠りになれなかったみたい」

「でしょうね」

朝食を頂き、馬車に乗る。またもや殿下と二人きりだ。マルコ様には、今日は護衛用の馬車に乗るよう指示を出した。ロイド卿からも強く言われ、仕方なく馬車に乗り込んだようだった。

殿下は眠そうにしている。

「殿下、少しお眠りになってはどうですか？」

「ああ、そうだな」

腕と足を組んで座ったまま目を瞑るが、馬車が揺れるせいで眠り心地が悪そうだ。

「殿下、私の横に来て頂けませんか？」

「クロエの横へ？　それは構わないが……」

そろそろと私の横へ腰かける。王族専用の馬車だ。十分な横幅もある。

「さぁ、殿下、どうぞ！」

そう言って膝をポンポンした。

「どうぞとは？」

「膝枕です。横になる方が眠りやすくありませんか？」

私が微笑むと、殿下は固まってしまった。

「殿下？　お休みになりませんの？」

「膝枕？　クロエの？」

やっと殿下が動き始めた。

ここには二人しか居ないのだから、必然的にそうなるのだが。

「はい。でも、殿下がお嫌なら、何か他に枕代わりを探しましょうか？」

「い、嫌な訳じゃない。良いのか？　私に膝枕なんかしても」

「もちろんです。無理にとは言いませんが、何もないより、膝でもあった方がマシではありませんか？」

私は再度、自分の膝をポンポンと叩いた。殿下は覚悟を決めたように、「では……失礼する」と言って私の膝にそっと頭を乗せた。

「しっかり頭を乗せて大丈夫ですよ。力を抜いて下さい」

そう言うと、殿下は少し力を抜いて頭を預けた。金色の柔らかい髪がキラキラとしている。

「重くないか？」

「大丈夫です。そんな柔じゃありませんから」

最初は緊張していた殿下も、馬車の揺れと、昨日の睡眠不足には抗えず、少し経つと、寝息が聞こえてきた。

殿下の寝顔を見つめる。寝顔はいつもより幼く見え、私はついニヤニヤしてしまった。

まだ十八歳。私より二つも年下なのに、立派に王太子としての務めを果たしている。結婚が決まった経緯が経緯なだけに、この人が王太子でこの国は大丈夫なのかと不安に思ったが。

殿下はちゃんと人の意見に耳を傾ける事が出来るし、知らない事やわからない事は素直に、知らない、わからないと言ってすぐに調べている。そこは変にカッコつけたりしない。それが私にはとても好感が持てた。殿下はきっと良い国王になるだろう。私もその手助けが出来る王妃になるよう殿下と一緒に努力しなければ……と殿下の寝顔を見ながら、そう決意を新たにした。


マルコ様が不機嫌だ。推しが不機嫌だと、私も凹む。

「……また殿下と同室ですか」

王都を出て二日目。今日の宿でも、私と殿下は同室の様だ。しかも……

「寝台をもう一台用意させましょう」

マルコ様が意気込んで宿の主の元へ向かおうとするのを私は制止した。

「待って。少なくとも、私達は夫婦なのだから、おかしくないでしょう？」

「しかしですね。クロエ様の身をお守りするのが私の役目です！」

マルコ様は私の貞操まで守ってくれる気らしい。

「大丈夫よ。だって殿下だし」

「クロエ様！　もっと危機感を持って下さい！」

……マルコ様に叱られてしまった。

殿下もベッドが一つしかない事を気にしていた。皆、大袈裟じゃない？

私は何故か無言な殿下とベッドに横になる。何人並んでも大丈夫そうな広いベッドなので、私と殿下の間は人一人分空いている。

「ではお休み」

「はい。殿下、お休みなさいませ」

私は目を閉じる。

「…………」

「…………」

「……クロエ？　もう眠ったか？」

そんなすぐに熟睡する訳がない。

「いえ。まだ眠っておりませんよ？　殿下は眠れませんか？」

「あ、あぁ」

私は目を開く。枕が変わると眠れない質の殿下は仕方ない。

「では、眠くなるまで、私がお話をしましょうか。子どもが眠る前にお話を読んで聞かせる習慣のある国があるのです」

　私の前世での話だけど。

「そうなのか？　なら、差し当たり私は子どもと言う事か」

　殿下は笑う。

「子どもはそのうち眠ってしまいますのよ？　殿下も眠くなったら遠慮なく休んで下さいませね」

「あぁ。じゃあ、お願いしよう」

　私は前世で子どもの頃に読んだ物語を思い出しながら、殿下に語った。のだが……

「ん？　何故桃から人が生まれるのだ？」

「殿下……話が進みません。そこは流して下さい」

「喋る動物……恐怖だな」

「ここはそういう空想の中の物語ですから。犬も、猿も、キジも喋るのです。お供がいなければ鬼退治が出来ません」

　ダメだ……殿下がいちいち疑問をぶつけてくるから、先に進めない。

「海の中なのに、何故息が出来るのだ？」

「きっと、その亀に不思議な力があったのでしょう」

「玉手箱……何かの陰謀か？」

「地上で流れた年月の分、歳をとったのです。彼には必要な物だったのでしょうね」

　……殿下……全然眠くなってくれない。

「クロエの話はとても面白いな。次は？」

……ワクワクしちゃってる。失敗したかしら。

「殿下……これではいつまでたっても寝られませんね」

「あ！　すまない。クロエも疲れただろう。もう休んでくれ。でも……楽しかった。ありがとう」

と殿下は微笑んだ。

「殿下もお休み下さい。明日にはカイエン領に着きますわね。楽しみです」

「あぁ、そうだな。着くのは日が落ちてからになるだろうが、翌日は街を散策しよう」

「はい。……それでは、お休みなさいませ。殿下……良い夢を」

「ああ。クロエも。お休み」

私は喋り疲れていつの間にかそのまま眠りに落ちていた。


翌日、いよいよカイエン領へと入り、私は殿下にエスコートを受けながら宿に入る。出来て間もないというこの温泉宿は、貴族専用なだけあって、質の良い物が揃っていた。

今日の部屋も殿下と同じ。もうさすがに慣れてきた。ベッドも一つ。それにも慣れた。

「とても素敵なお部屋ですね」

「そうだな。赴きがあり落ち着くな」

やっとここに来て殿下も部屋を楽しむ余裕が出てきたようだ。

温泉はなんと、海が見える露天が部屋に付いていると言う。

私は内心小躍りしそうな程喜んだが、実際は、「まぁ、素敵ですわ」ぐらいに留めておいた。

しかしその後の主の言葉で、その場の雰囲気は一変する。

「こちらの温泉は、皆様ご夫婦でご一緒に入られて楽しまれております。是非、両殿下も共にお楽しみ下さい」

主はにこやかに私達に爆弾を落とした。

流石に、主の前では動揺を隠していた殿下も、私と二人になると、早口で捲し立てた。

「ク、クロエ。さっきの主の言葉は気にするな。交代で入れば良い。うん、そうしよう。一緒に入浴したりしないから、安心して欲しい。だ、大丈夫だ。クロエは安心して欲しい」

安心して欲しいって二回も言ったわ。動揺が激しすぎない？

「私は別に構いませんが……」

「な、何を言うんだ、クロエ！　自分を大切にしなさい！」

え？　どういう事？

「専用の入浴着があるようですし、温泉には浸かるだけと聞いております。体を洗う場所は別のようですし、問題ないのでは？」

「クロエは嫌ではないのか？」

「別に嫌ではありませんよ？」

殿下は耳まで真っ赤になって俯いた。

そういうわけで、夕食後はいよいよお楽しみの温泉タイムだ。私がすっかり上機嫌で食堂から戻っていると、居たマルコ様が不機嫌全開で訊ねてきた。

「まさか、殿下と一緒にご入浴されるおつもりではないですよね？」

「大丈夫よ。専用の入浴着があるみたいだし、ただ湯に一緒に浸かるだけ。私の貞操は心配しなくて大丈夫よ？」

「クロエ様は危機感が無さすぎます。もし、これが私だったら……」

もし、一緒に入るのがマルコ様なら、私が襲っている。マルコ様の貞操の危機だ。

私は洗髪などをナラに手伝ってもらい、入浴着に着替える。もちろん下には何も着けていない。入浴着の色がうすピンクなのが気になるところだ。これって濡れたら透けちゃうんじゃないかしら？

……まぁ、いっか。見られて減るもんじゃなし。前世の私なら、自分の体に自信なんてなかったが、現世の私は自信満々だ。なんなら、記念に裸婦像でも描いて欲しいぐらいだが、流石にそんな王太子妃はお飾りであっても許されないだろう。

私は露天風呂に繋がる扉を開く。そこには眼下に海が見渡せる広い露天風呂が。

湯気が立ち上ぼり、ポツポツと点在する、灯りとしての蝋燭が幻想的な雰囲気を醸し出していた。

よく見ると、殿下は既に湯船の中らしい。私が扉を開ける音に気づいてはいないのか、眼前の景色に目を奪われている様だ。

「殿下、隣失礼しますね？」

私は一声かけて湯船に足を浸ける。

海風で少し寒いが、じんわりとした温もりが足先からじわじわと上がってくる。

私はゆっくりと殿下の横に腰を下ろし、湯に肩まで浸かった。声を出してしまいそうになるが、グッと堪える。流石にそれはオヤジ臭い。しかし殿下は微動だにしない。

「殿下？　大丈夫ですか？」

「あぁ」

それっきり黙ってしまった。よく見ると耳まで赤いようだ。

「殿下、逆上せたりしておりませんか？　お水を持って来させましょうか？」

「いや。大丈夫だ」

そしてまた、黙った。

「温泉、気持ちが良いですね。連れて来て下さってありがとうございます」

私が言うと、初めて殿下は私の方を見て、少し微笑んだ。

「あぁ。そうだな。クロエが喜んでくれたのなら良かった」

何だか殿下の様子がおかしい気がする。

「殿下？　どうされました？　何かございましたか？」

私が再度訊ねると、殿下は泣きそうな顔で、私に言った。

「……私は、自分の気持ちがわからなくなったんだ」

殿下の気持ち？　その言葉に、最近の殿下のロッテン様への態度や言葉を思い出す。

「殿下。ロッテン様と何かございましたか？」

「これ、といって何かあった訳じゃない……いや、逆にたくさんありすぎた、とも言えるかな。最近特にセリーナ嬢が本当に側妃になる気があるのかと疑問を持つようになった。それに、彼女の態度にもだ。何度もクロエに言われただろう？　二人の決断にもっと責任を感じるべきだと。私達のやった事は大勢の人を巻き込み、影響を与えたと」

「確かに……何度か殿下には、苦言を呈した事がありましたわ」

「あぁ。私は冷静になって考えれば考える程、多くの犠牲があった事に気づいた。しかし、セリーナ嬢には何度話しても伝わらない。彼女は貴族らしくないから、そう思っていたが、それでは側妃にはなれない。ならセリーナ嬢は、どちらかを選ばなければならない筈だ。側妃を諦めるか、貴族らしくない自分を諦めるか……だ」

「確かに、両方手に入れる事は難しそうですわね。でも、殿下はロッテン様のそういう所に惹かれたのではなかったのですか？」

「そこだよ。私は最初、セリーナ嬢の表情豊かな所に惹かれた……筈だった。しかし、いつの間にか、そんな彼女へ抱く気持ちは失望へと変わっていった」

学園を卒業し、王太子として執務を行う中で、殿下の心に変化があってもおかしくはない。責任の重さを本当の意味で理解した今、彼女の態度に疑問を持っても仕方ないのかもしれない。しかし……殿下の心変わりでこの状況を終わらせる事は出来ない。

だけど、ロッテン様が側妃になれない事は確定している。

……ここで今、言っちゃう？　彼女の秘密、言っちゃう？　だから、殿下は気にしなくて良いですよ……って言えたら良かったんだけど、知ってて何で黙ってたのかと責められるのは私だ。それはとても不味い。

あ〜もう！　どうしたら良いの？

私が決めかねて黙っていると殿下は続けた。

「クロエは自分には何の利益もないのに、私に嫁ぎ、王妃教育ですらもうすぐ終わると聞く」

……殿下、ごめんなさい。私には『マルコ様』という見返りがあるの。何のメリットもなかったら、絶対にこんな面倒くさい事引き受けてない。

「執務を真面目にこなし、私を支え、国民の事を考える。私はそんなクロエをこの数ヶ月ずっと側で見ていた。つい……比べてしまうんだ」

それだけ聞くと、私って凄くない？　めちゃくちゃ凄いよね。誰か褒めて。

「私は元々侯爵家に生まれた者。子爵令嬢である彼女とは、受けてきた教育の水準が違いますが、殿下の側に居るという事は、並大抵の努力では叶いません。彼女もそれは理解していると思っていたのですけれど」

「確かに側妃だからと私達は甘く考えていたのかもしれない。クロエが居れば、母のような側妃になる必要はないからと、安易に考えていた私達が愚かだったんだろう。でも、前にクロエが『好きな人の為ならその努力も喜びになる』と言ってたろう？」

「そういえば、言いましたね」

「でも、セリーナ嬢の口からは文句しか出てこないんだ。もちろん淑女教育に励んでくれれば側妃にするつもりだ。約束は守る。だが今は顔を見る度に失望してしまうんだ。そのせいで彼女との夕食も避けてしまっている……情けないだろ？」

殿下……反省モード。

「殿下。人の気持ちはどうする事も出来ません。それは自分でも、です。しかしロッテン様にもまだチャンスが御座いますもの。彼女が変わって下さる事を祈りましょう」

私には結局、彼女が処女でない事を今、殿下に告げる勇気はなかった。

「そんな日が来るだろうか」

「それも私にはわかりません。先の事は誰にもわからないのですから。殿下は彼女に今まで通り接してあげて下さい。夕食は無理でも、お茶の時間はご一緒してあげて下さいませ」

「うん……そうだな……それは……わかっ……て。でも、私はクロエ……と……いるほうが……」

何だか殿下の様子がおかしい。あれ？

「殿下？　大丈夫ですか？　殿下！」

返事がない。

「ナラ！　マルコを呼んで来て！　殿下が逆上（のぼ）せたみたいなの！」

脱衣場で待機しているであろうナラに大声で呼び掛けた。

私はとりあえず殿下を湯船から出そうと必死に持ち上げる……が、お、重い！

殿下も一応剣を扱えるよう鍛えているので、なかなか筋肉質だった。着痩せするタイプなのね～、なんて考えている暇はない。それに入浴着が湯を吸って益々重い。

私よりも上背がある細マッチョな濡れた男を引き上げるのは至難の技だ。

ぐったりした殿下と格闘すること数分。マルコ様が浴室へ飛び込んで来た。

「クロエ様大丈夫ですか!?」

「マルコ！　私は大丈夫。大丈夫じゃないのは殿下よ。早く手を貸して！」

マルコ様は濡れる事を気にする様子もなく、殿下の脇に腕を差し入れると、一気に殿下を引き上げた。

……はぁ……た、助かったぁ～。

私は力尽きてその場にへたり込む。

「すぐにナラを呼びますので、クロエ様はその……お、お着替えを」

殿下を担いだマルコ様が顔を赤くして私に言った。

その視線に、私は思わず自分の姿を確認する。……めっちゃ透けてた。


マルコ様とロイド卿の手によって夜着に着替えを済ませた殿下は、今ベッドに寝かされていた。

私も着替えて、寝室の隣の部屋のベランダで海を見ながら少し夕涼みをする。景色が良い。

そこへマルコ様がやって来た。

「クロエ様は大丈夫ですか？」

「ええ。あの時はどうなるかと思ったけど。男の人って重いのね。マルコがすぐに来てくれて助かったわ」

マルコ様も私の横に立ちベランダの手摺に手を乗せた。

「クロエ様の細腕では無理ですよ。側で待機しておいて良かったです。ご褒美もありましたし」

最後の一言は小さ過ぎて聞き取れなかったが、本当に私は助かったので素直に礼を口にした。

「いつも私の側に居てくれてありがとう」

マルコ様は少し照れたように微笑む。そんな横顔も素敵だ。ふと、私は手摺に置かれたマルコ様の手の甲を見る。……あれ？　血が出てる？

「手、怪我してない？」

私がその手を見ながら訊ねる。マルコ様は自分の手の甲を見て、その手の甲を自分で舐めようとした。

「あぁ。本当ですね。さっきの浴場の岩場で擦ったかな？」

「ダメよ舐めたら。唾液には細菌がいるの。まず水で洗いましょう」

と私はその手を掴んだまま部屋の中へとマルコ様を引っ張って行く。マルコ様は大人しく私に手を引かれるまま付いて来た。

私はマルコ様の手を水で洗い、処置をしていく。擦っただけ……の割りには意外と深く切っている。

「そんな大袈裟にしなくても、大丈夫ですよ？」

「ダメよ。結構深く切ってるじゃない」

私は包帯でその傷を覆う。

「適当で大丈夫ですよ」

まだ苦笑いのマルコ様だが、私はそれを無視して処置した。

「よし！　出来た。不恰好だけど何もしないよりマシでしょう？」

そうして椅子から二人で立ち上がった。

「ありがとうございます。主に怪我の手当てをして貰える専属騎士など、私ぐらいなものでしょうね」

不器用な包帯を巻かれた手をじっと見ている。

私はその手をそっと自分の両手で包み込んで、「痛いの、痛いの飛んで行け！」と前世で子どもの頃、母にして貰ったおまじないをマルコ様にもしてみせた。

「それは？」

「痛みが飛んでいくおまじないよ」

そう言って私は顔を上げた。

すると、思いの外マルコ様の顔が近くにあって驚く。

私は急に恥ずかしくなってマルコ様の手を離し体を反らしてマルコ様から距離を取ろうとする。

しかし夜着の裾に引っ掛かって後ろへ倒れそうになった。

マルコ様はそんな私の背中に腕を伸ばして、支えてくれた。

思いの外、密着してしまった体が恥ずかしくて、私はマルコ様の腕からすり抜けようとするも、彼はぎゅっと私の体に回した腕に力を込めた。

（抱き締められてる？）

私がそう思うのが早いか、マルコ様が腕の力を抜く方が早いか……分からないぐらいの一瞬。

「ありがとう。もう大丈夫よ」

ぎこちなく笑う。心臓が早鐘を打つようにドキドキしているのを隠せそうにない。

ほんの一瞬。それでも、私の体にはマルコ様の温もりが移ったような気がした。

その時、寝室の方で物音がした。殿下が目を覚まされたのかもしれない。

私が寝室の方へ行こうとすると、その手をマルコ様が掴む。しかし、その手はすぐに離されて、

「殿下が目を覚まされたかもしれませんね……手当てありがとうございました」

とマルコ様は私に向かって微笑んで部屋を出て行く。私はその背中に、「明日もちゃんと消毒してね」と言って寝室の方へと向かった。


翌日には殿下もすっかり元気になった。

私達はその後も釣りをしたり、市場を回ったり、お土産を買ったりと旅行を満喫した。

色々とあったが、温泉も堪能出来たし、私としては大満足だ。

「クロエ、少しは君を労う事が出来ただろうか？」

そう訊ねる殿下に私は大きく頷いた。

「殿下のお心遣いに感謝いたします」

「感謝をするのは私の方だ。これからもきっと苦労をかけると思うが、よろしく頼む」

殿下が私に手を差し出した。

この人は、変わろうとしている。それを私は支えていこう。そう思いながら、その手を握り改めて、「こちらこそよろしくお願いいたします」と握手をした。

部屋を出ると、そこにはマルコ様が待っている。その手の甲には、今だ包帯が巻かれているが、何だか薄汚れていた。

「マルコ、まだ怪我の具合は良くないの？　それに、包帯、ちゃんと換えて貰ってる？」

「怪我はほとんど直りましたし、ちゃんと毎日消毒をしましたよ」

「でも……ずいぶんと汚くない？」

私がその包帯に触れる。すると、マルコ様は、恥ずかしそうに笑った。

「せっかくクロエ様に巻いてもらった包帯ですので、これだけは手離せなくて……」

……私を萌え殺す気かしら？

少し先で、殿下が待っている。私はマルコ様を従えてそちらに向かう。

さぁ、王都ではまた『お飾り王太子妃』の生活が待っている。

私は少し後ろのマルコ様へと目を向ける。マルコ様は私を見て少し微笑んだ。推しの笑顔に癒された。これで私は元気になるのだから、現金なものだ。

でも、オタクってそんなものよね？

新＊感＊覚 ファンタジー！

レジーナブックス Regina

夫を鍛え直し
ハッピー領地改革

魅了が解けた元王太子と結婚させられてしまいました。

～なんで私なの⁉ 勘弁してほしいわ！～

金峯蓮華（かなみねれんげ）

イラスト：桑島黎音

貴族令嬢のミディアは、かつて悪女の魅了魔法にかかり「やらかして」しまった元王太子のリカルドと結婚してくれないかと、両親と国王夫妻に頼まれる。ところが、現在は事件の責任をとって公爵として領地にひきこもっているリカルドは、すっかり後ろ向き。仕方なく彼女は、夫となったリカルドを叱咤激励し、前を見るように仕向けていく。やがて彼は少しずつ逞しくなり、生来の誠実さを見せ始めて——⁉

詳しくは公式サイトにてご確認ください。

https://www.regina-books.com/

携帯サイトはこちらから！

新＊感＊覚ファンタジー！

Regina
レジーナブックス

イラスト／香村羽梛

★恋愛ファンタジー

選ばれたのは私以外でした ～白い結婚、上等です！～

凛 蓮月（りん れんげつ）

伯爵令嬢のアストリアは王太子と婚約していたが、白い髪の聖女に乗り換えられてしまった。しかし聖女たちが結婚してから何やら王族の様子がおかしくなり始め……？　そんな折、騎士団長ヘルフリートがアストリアに会いにきて、「貴女を守りたい」と白い結婚を申し込む。実は聖女と同じ白い髪で、魔法に長けたアストリアも事態の収束に協力するが――？　実力を隠した捨てられ令嬢が送る壮大な逆転劇、開幕！

イラスト／華山ゆかり

★トリップ・転生

前世持ち公爵令嬢のワクワク領地改革！ 私、イイ事思いついちゃったぁ～！

Akila（あきら）

ド田舎に領地を持つロンテーヌ公爵家。長女のジェシカは両親の死をきっかけに突然前世の記憶を思い出すが、前世の記憶に浸っている場合じゃない！
　兄は領主の勉強をしてないから領の政治なんてまともにできないし、なんと税収が減っちゃう大ピンチ到来で王都に納める税すら払えない⁉　そんな事態を防ぐため、ジェシカは前世の記憶を使って色々な発明をし、貧乏公爵領の改革を進めていく！

詳しくは公式サイトにてご確認ください。

https://www.regina-books.com/

携帯サイトはこちらから！ 

新＊感＊覚　ファンタジー！

Regina
レジーナブックス

イラスト／綾瀬

★トリップ・転生

ブサ猫令嬢物語
～大阪のオバチャン（ウチ）が悪役令嬢やって？なんでやねん！～

神無月りく（かんなづき）

ある日、大阪のオバちゃんだった前世を思い出したブサ猫そっくりな公爵令嬢ジゼル。自分が乙女ゲームの悪役令嬢であることにも気付いた彼女は断罪されないため奮闘するまでもなく、王太子の婚約者選びのお茶会にヒロインが闖入したおかげで断罪を回避する。これを機に温泉など新事業に取り組み始めるジゼルだけれど、新事業が評判を呼んだせいでヒロインに目を付けられ——

イラスト／武田ほたる

★トリップ・転生

自由気ままな伯爵令嬢は、腹黒王子にやたらと攻められています

橋本彩里（はしもとあやり）

前世の記憶を持つフロンティア。ここが大人向け乙女ゲームの世界だと気付いたが、自分は関係ないと気ままな生活。魔法を使って野菜の品質改善とともに自領地を盛り上げようと奮闘していたら……!?　縁がないはずの王太子殿下がやたらと絡みにくるし、姉は攻略対象者の一人に捕まり、気づけば周囲が騒がしい。王子と恋愛なんて遠慮したいのに、この現状に一体どうしたらいいのー!!

詳しくは公式サイトにてご確認ください。

https://www.regina-books.com/

携帯サイトはこちらから！

この作品に対する皆様のご意見・ご感想をお待ちしております。

おハガキ・お手紙は以下の宛先にお送りください。

【宛先】

〒150-6008 東京都渋谷区恵比寿4-20-3 恵比寿ｶﾞｰﾃﾞﾝﾌﾟﾚｲｽﾀﾜｰ 8F
（株）アルファポリス　書籍感想係

メールフォームでのご意見・ご感想は右のＱＲコードから、
あるいは以下のワードで検索をかけてください。

アルファポリス　書籍の感想 

ご感想はこちらから

本書は、「アルファポリス」（https://www.alphapolis.co.jp/）に掲載されていたものを、改稿、加筆のうえ、書籍化したものです。

婚約解消された私はお飾り王妃になりました。

でも推しに癒されているので大丈夫です！

初瀬叶（はつせ かなう）

2023年 12月 5日初版発行

編集－本丸菜々
編集長－倉持真理
発行者－梶本雄介
発行所－株式会社アルファポリス
〒150-6008 東京都渋谷区恵比寿4-20-3 恵比寿ｶﾞｰﾃﾞﾝﾌﾟﾚｲｽﾀﾜｰ8F
TEL 03-6277-1601（営業） 03-6277-1602（編集）
URL https://www.alphapolis.co.jp/
発売元－株式会社星雲社（共同出版社・流通責任出版社）
〒112-0005 東京都文京区水道1-3-30
TEL 03-3868-3275
装丁・本文イラスト－アメノ
装丁デザイン－AFTERGLOW
（レーベルフォーマットデザイン―ansyyqdesign）
印刷－中央精版印刷株式会社

価格はカバーに表示されてあります。

落丁乱丁の場合はアルファポリスまでご連絡ください。

送料は小社負担でお取り替えします。

ISBN 978-4-434-32965-4 C0093